KB073894

별들의 노래

별들의 노래

김성일

차례

✳

✳

*

　먼저 머리가 핑 돌았고 곧이어 턱 왼쪽이 부서지는 것처럼 아팠다. 뒤로 비틀거리다가 발이 미끄러졌다. 뒤통수가 벤치 등받이에 부딪혀 대합실에 탕, 하는 소리가 크게 울렸다. 안 그래도 사람 없는 늦은 시간인데, 그나마 있던 두어 명은 시비가 붙자 금세 자취를 감췄다. 좁은 2층에는 아무도 없다.

　어지러워 일어서기조차 어려웠지만, 김영준은 서둘러 계단을 내려가는 잰 구둣발 소리를 듣고 안심했다. 눈앞에 버티고 선 남자 둘은 이제 이쪽에 시선이 쏠려 있어, 이미 저만큼 도망친 여학생에게는 신경을

*

쓰지 않는다. 두 사람은 롱패딩을 입고 있다. 벌건 얼굴들이 어려 보인다.

찢어진 입술을 움직여 말을 하려는데, 오른쪽 주먹을 어루만지던 덩치 큰 젊은이가 영준의 옷깃을 두 손으로 잡고 확 끌어올렸다. 거칠게 몰아쉬는 숨에서 술 냄새가 풍겼다.

"야, 손을 왜 대! 이 옮는다."

뒤에 선 키 작은 남자가 말했다. 멱살을 잡은 사내가 오른팔을 뒤로 길게 빼더니 광대뼈를 후려쳤다. 영준은 그대로 나가떨어져 다시 요란한 소리와 함께 벤치에 부딪혔다.

덩치 큰 쪽이 영준을 붙잡았던 두 손을 옷에 몇 차례 닦고, 그제야 생각났다는 듯 말했다.

"광현아, 아까 그 여자애 좀 쫓아가 봐."

영준은 그 말을 듣고서 벤치를 짚고 힘겹게 일어나 맞기 시작한 이래 처음으로 입을 열었다.

"비싼 술 먹고 왜, 집에 가겠다는 아가씨한테 그래요…. 뒷골목 양아치도 아니고…."

키 작은 남자가 계단 쪽으로 가다가 몸을 획 돌려

✳

성큼성큼 돌아왔다. 벌건 얼굴에 부라린 눈이 자동차 전조등 같다. 차가운 공기에 씩씩거리는 콧김이 하얗게 보였다.

"이 자식이."

말이 먼저였는지 배에 날아든 구둣발이 먼저였는지, 영준은 가늠하지 못하고 또 쓰러졌다. 형광등이 몇 차례 깜박였다. 영준은 차가운 벤치 등받이를 짚고 일어섰다. 맞는 게 딱히 힘을 쓰는 일도 아닌데, 배를 차이니 다리가 뜻대로 버텨주지 않는다.

덩치 큰 남자가 계단 쪽을 돌아보더니 말했다.

"야, 사람 온다. 가자."

키 작은 남자가 바닥에 침을 뱉었다.

"노숙자 새끼가."

멈춘 에스컬레이터를 밟으며 역무원 이 주임이 성큼성큼 올라오고 있다. 덩치 큰 남자가 영준을 노려보다가 옷자락을 잡아끄는 친구를 따라 그 옆 계단으로 서둘러 내려갔다.

이 주임은 두 사람의 뒤통수를 쳐다보다가 영준에게 다가왔다.

✳

"김 씨, 무슨 일이야? 얼굴이 왜 그래! 맞았어?"

"아녜요. 괜찮아요, 아주머니."

이 주임이 혀를 찼다.

"좀 얌전히 다녀. 몸까지 망가지면 어쩌려구 그래."

영준은 배시시 웃어 보였다.

"괜찮대도요."

"정말 괜찮어? 약이라도 바를 텨?"

영준은 "에이, 뭘" 하고 고개를 젓고 일어났다. 이
주임은 딱하다는 표정으로 고개를 몇 차례 끄덕이고
돌아섰다.

일어나려는 참에 다시 다리가 풀렸다. 벤치를 손으
로 짚어 자세를 추스르고 손등으로 입을 훔쳤다. 입
술이 터져 피가 조금 묻어 나왔다. 광대뼈를 어루만
졌다. 멍은 들었겠지만 별일은 아니다. 바지 주머니
에서 구겨진 휴지를 꺼내 닦았다.

자주 있는 일은 아니다. 동산역에서 지내다 보면
취객들이 시비를 거는 경우가 간혹 있다. 보통은 이
웃들이 와서 역성을 들어주지만 공교롭게도 지금 여
기에는 영준 혼자만 있었다.

늘어선 대합실 벤치를 지나 2층 창문을 마주보는 벽 앞으로 돌아왔다. 이 자리에 이불을 두지 않았으면 취한 남자 둘이 여학생에게 집적대는 것을 볼 일도 없었을 것이고, 끼어들었다가 맞을 일도 없었을 것이다. 하지만 이 자리에 영준은 있었고 도우려 나서는 다른 사람은 없었다.

쓸쓸함에 영준은 아픔을 잠시 잊었다.

골판지 침상에 누워 이불을 덮고 눈을 감았다. 이 자리를 고른 게 잘한 일인지 아닌지 잠깐 궁금해하며 잠이 들었다.

바스락거리는 소리 때문인지 욱신거리는 턱 때문인지 영준은 잠에서 곧 깼다. 옆자리 박 씨가 돌아왔나 해서 눈을 떠보았지만 캄캄해서 알 수 없다. 불안하게 깜박이던 형광등이 드디어 나가고 만 모양이다. 대합실에 조명이라고는 소리 없이 돌아가는 TV 화면뿐이었다. 머리를 단정하게 빗고 안경을 쓴 남자 둘이 마주보며 열띤 표정으로 입만 벙긋거리고 있었다.

영준은 도로 눈을 감았다가 뭔가가 자기를 보고 있다는 기분에 다시 눈을 떴다. 사람 같은 형체가 이쪽을 물끄러미 내려다보고 있다. 취객이라 여기고 무시하려 했지만 왠지 눈을 뗄 수 없다. 몸을 일으킬 수도 없다. 발끝마저도 움직이지 않는다.

형체는 얼굴을 더 가까이 들이댔다. 눈에서 색을 설명할 수 없는 빛이 보였다. 입에서 알아들을 수 없는 말이 들렸다. 그러나 그것은 눈이 아니고, 입이 아니었다. 어느 눈보다도 밝게 타는 항성, 어느 입보다도 더 깊은 구덩이였다.

대합실이 다시 밝아졌다. 형광등이 깜박이고 있다. 영준은 깊게 숨을 들이쉬었다. 눈앞에 있던 사람 아닌 형체는 어디론가 사라지고 없다. TV에서는 두 남자가 손짓을 해가며 대화를 하고 있다. 시계를 보았다. 자리에 누운 지 20분 정도밖에 되지 않았다.

잠깐 사이 고약한 꿈을 꾼 모양이다. 다시 눈을 감기가 두려울 정도였다. 하지만 긴장이 풀리자 영준은 익숙한 형광등 빛 아래서 다시 잠이 들었다.

동산역은 성산시에서 가장 크고 오래된 역이다. 일제 때 지어진 시계탑 달린 붉은 벽돌 건물이 지금까

✳

지 버티고 서 있고, 그 옆에 현대식 건물이 붙어 있다. 2층 대합실 구석에서 북쪽으로 트인 작은 창문 앞에 서면, 넓은 조차장에 깔린 철로 위로 늘어선 객차와 화물차 너머로 동산강이 보인다. 헐거운 창문이 바람만 조금 불어도 덜그럭거려, 요즘 같은 때는 대합실로 새어 들어오는 한기 때문에 새벽잠을 설치는 일이 많다.

영준은 동산역에서 처음 맞는 겨울을 어떻게 넘길지 아직도 감이 잡히지 않았다. 그날 아침도 덜덜 떨면서 일어났다. 지난여름은 냉방이 꺼진 시간에도 서늘해서 좋았지만 이제 그 대가를 톡톡히 치르고 있다. 운 좋게 주운 외투는 가을바람을 막기에는 좋았지만 영하 10도를 넘나드는 추위에는 역부족이다. 날이 갈수록 가벼워지는 해진 솜이불 외에 추위를 달랠 것이 없어 역사 밖으로 나가는 일도 뜸해졌다. 나가지를 못하니 손에 들어오는 돈도 없다.

자리에서 일어났다. 언제 왔는지, 두어 뼘 떨어진 옆자리에 박 씨가 자고 있다. 주말 아침이라 승객도 많지 않은 김에, 이불을 접어 들고 몇 번 탕탕 털었다. 안개처럼 퍼지는 먼지를 뚫고서 화장실로 갔다.

거울을 들여다보았다. 턱과 광대뼈에 크게 멍이 들어 있다. 입술에는 피가 말라붙어 있다. 체중을 재본 지는 꽤 되었지만, 요즘 들어 수척해진 것은 얼굴 윤곽으로 알 수 있다. 턱수염 사이에 흰 터럭이 조금씩 보인다.

밤새 차게 식은 손을 수돗물에 적셨다. 더운물은 나오지 않는다. 물이 따뜻했더라도 거품 따위는 기대 못할 만큼 메마르고 때 낀 비누에 손을 문질러 얼굴을 닦았다.

영준은 잠깐 집을 생각하다가, 고개를 숙여 찬물로 얼굴을 헹궜다.

"김 씨, 오늘 뭐 해?"

고개를 들어보니 거울 속에 낚시 모자를 눌러쓴 중년 남자가 있었다. 1층에서 지내는 강 선생이다. 영준은 젖은 손으로 얼굴의 물기를 털고서 몸을 돌렸다.

"일요일이니까 좀 돌아다녀보려고요."

"정해놓은 데 없으면 나랑 같이 저기 앞에 교회나 갈까?"

환히 웃는 낯이다. 이웃들은 물론, 승객이나 역무원에게서도 보기 힘든 표정이다. 교회에 나가자는 것은 예배를 보러 가자는 말이 아니다. 교인들에게 담배나 잔돈을 받으러 가자는 소리다.

"어느 교회요?"

동산역전교회에서는 한 번 험한 꼴을 당한 적이 있다.

"좋은 목사님 계신 데가 있어. 사람들이 교회 들어갈 때랑 나올 때랑 인심이 달라."

얼굴에 남은 물기를 소매로 훑고 고개를 몇 차례 끄덕였다. 강 선생이 몸을 돌려 나가며 따라오라는 손짓을 했다.

영준은 화장실을 나와 이불을 잽싸게 갰다. 옆자리에 있는 박 씨에게 물건을 지켜달라고 얘기하고 싶었지만, 아까만 해도 이불에 파묻혀 자던 사람이 지금은 어디로 갔는지 보이지 않는다.

중앙 계단을 내려가는 도중에도 박 씨를 찾느라 주변을 두리번거리다가 역무원과 눈이 마주쳤다. 고개를 꾸벅 숙여 인사를 했는데 그쪽이 바로 눈을 돌렸다.

역 앞 광장으로 나갔다. 새벽에 대합실의 탁한 공기를 가르고 들어오는 샛바람에 비하면 아침의 바깥 공기는 오히려 온화하게 느껴졌다. 영준은 어깨를 펴고 심호흡을 했다.

"2층 그 자리가 좀 춥지?"

강 선생이 옷깃을 추스르며 물었다.

"그래도 1층보다는 한산해서요."

"남의 발소리에 잠 깰 일은 별로 없겠네."

"어휴, 그렇지도 않아요."

횡단보도 가장자리에 섰다. 강 선생은 무슨 좋은 일이 있는지 아직도 웃고 있다.

영준은 강 선생을 잘 알고 있다. 동산역 이웃들 사이에서는 평판이 좋은 사람이다. 새로 오는 사람이 텃세에 시달리지 않게 챙겨주고 상담역을 자처하기도 한다. 수완도 좋아서 어딘지 모르지만 일단 나갔다 오면 다른 사람들 몫까지 챙겨오곤 한다. 동산역에서 일요일은 강 선생이 담배를 주는 날이다. 영준이 지난여름 동산역에 처음 왔을 때 이것저것 가르쳐준 것도 강 선생이다.

그러나 그것은 박애 정신 내지 넓은 오지랖이었다. 강 선생이 일요일 아침에 하필 자기를 콕 찍어서 교회에 꼬지를 나가자고 한 것은 의외였다. 영준이 물어볼까 말까 하는 차에 강 선생이 다시 말을 걸었다.

"김 씨, 동산역 온 지 얼마나 됐더라?"

"반년 좀 넘었죠."

"그렇게밖에 안 됐나? 물이 좀 덜 빠지긴 했어…. 얼마나 있을 생각이야?"

"날 따뜻해질 때까지 돈 좀 모이면 쪽방이라도 얻어서 일 시작하려고요."

강 선생은 말없이 고개를 끄덕였다. 역에서 살며 돈을 모으는 게 보통 어려운 일이 아니라는 것은 강 선생도 영준도 잘 알고 있다. 얼굴에서는 웃음이 가시지 않는다.

잎이 다 떨어진 플라타너스들을 지나치는 길 내내, 행인들의 눈초리가 아주 짧게 그러나 확실하게 두 사람을 찔러왔다. 강 선생이 허리를 곧게 세우고 그 짧은 시선마다 눈을 마주치는 것을 보면서도 영준은 옷깃을 올리고 고개를 숙이며 걸었다.

"저기 저 십자가."

강 선생이 손가락을 뻗어 가리키는 곳을 보니, 길 건너에 과연 교회가 하나 보였다. 하얀 십자가 밑에 꽤 크고 예쁜 시계도 붙어 있다. 서울이나 분당에 있는 대형 교회만 하지는 않지만 그래도 담장을 두르고 주차장을 갖춘 번듯한 곳이다. 아직 이른 아침인데도 주차장에는 차가 꽤 늘어서 있고, 걸어서 들어가는 사람들도 보였다.

횡단보도를 건너면서 보니 흰색 가운을 입은 목사가 현관 밖에 나와 사람들의 손을 일일이 잡으며 맞이하고 있다. 영준은 교회에 대해 잘 알지 못했지만 목사가 몸소 나와 교인들을 맞이하는 광경은 처음 보았다. 눈에 안 띌 담장 그늘을 찾느라 머뭇거리는데 강 선생이 소맷자락을 잡아당겼다.

"가서 인사하자구."

영준은 강 선생에게 끌려 활짝 열린 정문을 지나 목사를 향해 바로 다가갔다. 소극적으로 소매를 빼려고 몸을 비틀었지만 강 선생은 막무가내였다. 교회

✳

마당을 지나는 둘을 피해, 신자들의 느슨한 줄이 커다란 뱀처럼 옆으로 휘어졌다. 길을 갈 때는 짧게만 꽂혔던 시선이, 여기서는 한꺼번에 오래도록 찔러왔다. 여자도 남자도, 아이도 노인도 모두 이쪽을 보고 있다.

목사가 신자들과 인사하는 것을 멈추고 이쪽을 쳐다보았다. 영준은 더 걸음을 옮기지 못했다. 잡아당겨지던 소매가 느슨해졌다. 강 선생이 마치 친구라도 만나듯 목사를 향해 나아갔다.

"아니, 이게 얼마만이신가!"

영준은 목사가 환한 얼굴로 팔을 벌리고 다가올 것이라고는 생각하지 못했다.

"목사님, 그간 안녕하셨어?"

강 선생과 목사는 서로 어깨를 붙잡고 웃으며 인사를 나누었다. 교인들의 시선은 두 사람에게 묶였다. 수군거리는 소리도 들린다. 둘은 서로 얼굴이 수척해졌네, 흰머리가 늘었네 하고 환담을 하며 그 시선들을 전혀 아랑곳 않는다. 오래된 친구 사이인지? 영준은 자기의 옛 친구들을 몇 명 떠올렸다.

*

"오랜만에 봤는데 뭐라도 좀 해드려야지."

목사가 강 선생의 어깨에서 손을 떼고 교회로 들어가려 하자 강 선생이 손사래를 쳤다.

"어유, 곧 예배 있으신데 지금 안 하셔도 돼. 나는 저기 가 있을게."

"그래요, 그래. 근데 같이 오신 분은 누구셔?"

"같은 데서 지내는 친구야. 김영준이라고. 김 씨, 인사드려야지."

영준은 어색하게 허리를 숙였다. 목사는 웃으며 고개를 연신 끄덕였지만, 영준은 마치 자기를 샅샅이 뜯어보는 것 같은 기분이 들었다.

목사를 기다리느라 멈춰 있던 교인들의 줄이 어느새 움직이기 시작했다. 영준은 강 선생과 함께 마당 구석으로 가서 녹색 페인트가 칠해진 의자에 앉았다. 강 선생이 현관을 가리키며 말했다.

"한 시간 정도 있으면 신도들이 나올 거야. 그때 담배도 빌리고, 돈도 빌리고 하면 돼."

"목사님이랑 어떻게 아는 사이세요?"

"고향 친구."

"미리 얘기를 하시지."

강 선생이 피식 웃었다. 영준은 말없이 교회 마당을 둘러보았다. 이번 예배의 교인들은 다 들어간 모양이다. 마당은 아까보다 추웠다. 밥 먹기 전이 제일 춥다는 것을 영준은 경험으로 알고 있다.

예배당에서 노래가 들려오기 시작했을 때, 현관문이 열리더니 롱패딩을 입은 젊은 남자 하나가 종이봉지와 보온병을 들고 나왔다. 어젯밤 취객들과 비슷한 나이에 비슷한 차림이다. 청년은 벤치로 다가와 고개를 건성으로 한 번 꾸벅 숙이더니 봉지와 보온병을 영준과 강 선생 사이에 내려놓았다.

"목사님이 갖다드리래요."

그러고는 곧바로 뒤돌아 다시 교회 안으로 뛰어갔다. 현관문이 쿵, 하고 무겁게 닫혔다.

청년이 둘 사이에 놓고 간 봉지 안에는 종이컵과 빵이 두 개씩 들어 있다. 보온병을 여니 믹스커피 냄새가 향긋하다. 영준은 컵에 커피를 따라 강 선생에게 건네고 자기 몫의 빵을 꺼내 한 입 깨물었다. 커피보다 달콤한 팥소가 입안을 칠했다.

"고향이 어디신데요? 인심 좋은 데 사셨나 보네."

강 선생이 커피를 홀짝이며 말했다.

"좀 멀어."

짧은 말에 우수가 섞여 있다. 영준은 더 묻지 않기로 했다. 커피를 더 따랐다. 이 정도로 잊을 수 있는 추위라서 다행이라고 생각했다.

"김 씨, 배고프면 이것도 먹어."

강 선생이 봉지를 이쪽으로 슬쩍 밀었다. 영준은 그래도 괜찮겠냐고 물은 다음, 딱히 대답을 기다리지 않고서 빵을 하나 더 꺼내 먹기 시작했다.

영준은 내내 조용한 강 선생을 흘끗거렸다. 무슨 생각을 하는지 허공만 쳐다보고 있다. 커피도 첫 한 모금만 마시고 더 입에 대지 않는다. 영준이 보온병을 거꾸로 들어 종이컵에 떨어 넣을 무렵, 교회 벽 높이 달린 스피커에서 녹음된 종소리가 울렸다.

강 선생이 눈을 교회 현관문으로 옮기더니 자리에서 일어났다. 영준도 따라 일어났다. 교인들이 셋씩 넷씩 문을 나섰다. 목사도 그 틈에 섞여 나와 교인들이 내미는 손을 잡아가며 인사를 하다가, 강 선생과 영준이 앉아 있는 마당 의자를 향해 널찍한 흰 소매를 펄럭이며 걸어왔다.

"여기, 얼마 안 되지만…."

목사가 소매 속에서 도톰한 봉투를 꺼내 강 선생에게 내밀었다. 봉투는 완전히 닫히지 않아, 안에 있는 지폐의 주황색과 녹색이 보였다. 영준은 '고향 친구'라는 강 선생의 아까 설명을 믿기가 어려워졌다.

"어이구, 고마워요."

강 선생이 사양 않고 봉투를 받아 품안에 넣는 모습이 너무나 자연스러웠다. 목사는 싱글벙글 웃으며 강 선생의 어깨를 손바닥으로 두드렸다. 영준은 봉투가 사라진 강 선생의 품을 지긋이 쳐다보았다.

"얼마나 있다 가실 거야?"

"좀 있다가 점심 때."

목사가 알았다는 듯 고개를 몇 번 끄덕였다.

"그럼 나는 이제 가서 성도들 챙길게요."

영준은 현관 주변에 모여 있는 교인들을 쳐다보았다. 목사는 강 선생과 작별 인사를 나누고 그리로 걸어갔다.

영준은 바지를 털고 자리에서 일어나, 교회 마당을 건너는 사람들을 유심히 살폈다. 고급스러운 회색 정장을 입은 젊은 여자가 혼자 정문을 향해 가는 것을 보고 다가가려는데 강 선생이 팔을 잡았다.

"지금 저기 저 사람 따라가는 거지?"

"제일 적당해 보이잖아요?"

강 선생이 혀를 찼다.

"그래서야 겁줘서 뺏는 거나 매한가지지. 꼬지 안 한다고 굶는 것도 아닌데…."

영준은 얼굴이 뜨거워졌다. 강 선생이 계속해서 타일렀다.

"나랑 있으면 그럴 필요 없어. 김 씨는 저기 저 사람들한테 담배나 좀 얻어와."

그렇게 따져가면서 빌릴 거면 당초에 왜 구걸에 가까운 짓을 한단 말인가. 담배나 술 따위 아까 받은 돈으로 사면 되지 않느냐고 쏘아주고 싶었지만 강 선생은 벌써 정문 쪽으로 걸어가고 있었다.

교회 마당 반대쪽 구석에 모여서 담배를 피우는 남학생들이 보였다. 영준은 마당을 가로질렀다. 교인들의 따가운 시선이 느껴졌다. 정작 학생 무리는 이쪽에서 일부러 눈을 돌렸다.

"학생들, 담배 좀 빌려줄래요?"

몇 달이 되어도 입에서 쉽게 나오지 않는 말이다. 학생들은 영준을 무시하고 자기들끼리 얘기를 계속했다. 영준이 재차 묻자 그중 하나가 담뱃갑을 들고 손등에 탁 쳐서 한 개비를 꺼내 내밀었다. 영준은 두 손으로 그 담배를 받아들었다. 그때 잠깐 눈이 마주쳤고, 영준도 학생도 급히 시선을 피했다.

"저기, 같이 온 사람이 있어서 그러는데⋯."

학생은 갑에서 한 개비를 더 뽑더니 이번에는 아예 쳐다보지도 않고 내민다. 영준은 그것도 받아들었다. 그리고 파란색 플라스틱 담뱃갑을 품에서 꺼냈다. 안은 텅 비어 있다. 받은 두 개비를 고이 갈무리했다.

"고마워요, 학생."

담배를 혼자서 두 개비나 내준 학생은 이번에는 영준을 쳐다보고 "네" 하고 고개를 끄덕였다.

영준은 강 선생이 했던, 목사가 좋은 사람이라 교인들도 설교를 듣고 나오면 인심이 후하다는 얘기를 떠올렸다. 전혀 그렇지 않아 보인다. 목사 본인을 제외하면 동산역 출퇴근객과 다른 점이 없다.

벌써 좀 지쳐서 영준은 강 선생을 찾아 두리번거렸다. 강 선생은 어느새 교회 담장 밖으로 나가 중년 남자들 세 명 앞에서 뭔가 얘기를 하고 있다. 저쪽도 고향 친구인가?

호기심에 다가가는데 한 명이 지갑에서 돈을 꺼내 강 선생의 손을 두 손으로 꼭 잡으며 쥐어주었다. 나머지도 각각 지갑에서, 품에서 돈을 꺼내 강 선생에게 내밀었다.

강 선생이 당연하다는 듯이 돈을 주머니에 쑤셔넣자 중년 남자들은 친구와 헤어지기라도 하듯 손을 흔들고 길을 따라 멀리 떠났다. 영준은 강 선생에게 다가갔다.

"또 아는 분들이에요?"

강 선생은 대답을 하지 않았다. 뭔가 아주 멀리 있는 것을 보는 것처럼 눈을 가늘게 뜨고 있다. 내내 얼굴에 가득하던 웃음은 사라져, 아주 진지하고 조금은 슬픈 표정이 되어 있었다. 영준은 재차 물었다. 강 선생이 잠에서 깨기라도 하듯 머리를 떨고 대답했다.

"어, 아니. 첨 보는 사람들."

"얼마나 받았어요?"

"한 사람당 만 원씩, 삼만 원."

"처음 보는 사람들이 선 자리에서 돈을 그렇게 내
준다고요?"

무슨 마술을 부린 게 아니고서야 말이 안 되는 얘
기다.

"요령이 있어, 요령이."

강 선생의 얼굴에 웃음이 돌아왔다. 영준은 그 얼
굴을 뚫어져라 쳐다보았지만 강 선생은 화제를 돌렸
다.

"이 교회가 좋은 점이 뭐냐믄, 약산동 급식소가 가
까워. 다리만 건너면 바로 나오거든."

"아니, 아까 봉투도 그렇고, 방금 받은 돈도 그렇
고, 왜 급식소 같은 델 가요? 옷도 번듯하게 입고 식
당 가서 드셔도 되겠네."

영준은 그 말을 하고서 자기 목소리에 질투와 원망
이 실린 것을 눈치챘다. 강 선생도 그것을 느꼈는지

눈가가 조금 굳어졌다. 영준은 아까 받은 담배 두 개비 중 하나를 담뱃갑에서 조심스럽게 꺼냈다. 담배를 내밀며 이번에는 목소리를 누그러뜨려 말했다.

"아까 저기 학생들이 줬어요."

그리고 나머지 한 개비를 입에 물었다. 주머니를 뒤져 라이터를 꺼내 불을 당겼지만 불꽃만 튈 뿐 불이 붙질 않는다. 노란 투명 플라스틱 속을 들여다보니 가스가 빨대 끝 바로 밑에 영준을 놀리는 것처럼 고여 있다. 영준은 강 선생이 라이터를 꺼내 붙여주는 불을 받았다. 강 선생이 담배 연기를 길게 뱉고는 말했다.

"여기서 피우고 밥 먹으러 가자구. 좀 있으면 문 열 시간이네."

영준은 교회 십자가 밑에 달린 시계를 보았다. 어느새 시간은 열한 시 반이다. 다리 건너 약산동 급식소라면, 평소 가는 곳이 아니지만 위치는 알고 있다. 여기서 삼십 분 정도 걸으면 된다.

아까 먹은 단팥빵과 커피 기운이 남고 해가 높이

떠서, 급식소로 가는 길은 역에서 나와 교회로 갈 때보다 포근했다. 밋밋한 아파트들과 가지 잘린 가로수들 사이를 걸었다. 영준은 강 선생에게 그 '요령'에 대해 물어볼 기회를 노렸지만 강 선생은 길 가는 내내 자질구레한 질문을 해댔다. 평소 어디서 밥을 먹는지, 누구와 친한지, 가족과 연락은 하는지, 전에는 무슨 일을 했는지…. 영준은 거기에 대답을 하느라 다른 말을 거의 하지 못했다.

중동교를 걸어서 건넜다. 일요일 오전의 한산한 길을 따라 낡은 시내버스와 택시 몇 대가 두 사람을 지나쳤다. 동산강은 겨울이면 냇물에 가까울 정도로 수위가 낮아지고 너른 자갈모래밭이 드러난다. 왼쪽으로 멀리, 동산역 조차장에 늘어선 열차들이 보였다. 앞쪽에는 평평한 땅에 혼자 튀게 솟은 약산이 보였다. 근래 산불이 나서 등성이에 거무튀튀한 자국을 남긴 게 여기서도 눈에 띄었다.

다리를 건넌 뒤 곧 '대승무료급식소'라는 간판이 눈에 들어오자 강 선생의 시시콜콜한 질문들도 잠잠해졌다. 아직 문을 열 시간이 되지 않았는데도 노인들이 잔뜩 와 있는 것이 보였다. 역에서 더 가깝고 큰 무료급식소가 있기 때문에 이곳에는 동산역 이웃들이 거의 없을 것이었다. 영준은 조금이라도 줄을 빨리 서려고 걸음을 서둘렀다. 강 선생도 곁에서 보조를 맞췄다. 영준이 물었다.

"노인들 위주면 좀 불편하지 않아요?"

강 선생이 웃었다.

"왜, 시비 걸까 봐? 여기 자원봉사하는 청년들이 대응 잘해줘. 스님들도 있고. 게다가…"

강 선생이 영준을 위아래로 훑었다.

"면도만 안 했지, 오늘 김 씨가 좀 말끔한 편이니까 괜찮아."

영준은 파, 하고 웃었다. 어제 목욕탕에 다녀오길 잘 했다고 생각했다.

급식소에서는 흰 김이 흘러나오고 있었다. 장국 냄새가 풍겨왔다.

유리문 앞에 줄을 선 이삼십 명 되는 노인들은 자기들끼리 웃으며 떠들다가, 영준과 강 선생이 다가오자 순간 대화를 멈추고 경계하듯 쳐다보았다. 두 사

람이 고개를 꾸벅 숙여 인사를 하고 줄 뒤에 가서 서
자, 노인들은 시선을 거두고 다시 대화로 돌아갔다.
여기저기 국물 자국이 난 앞치마를 두르고서 유리문
앞에 선 남학생이 고개를 끄덕여 인사를 했다. 영준
도 그 방향으로 손을 들고 고개를 끄덕였다.

강 선생이 말했다.

"내가 뭐랬어. 시비 걸 만한 사람 없어."

"혹시 여기도 고향 친구 분 계세요?"

강 선생이 허허 웃었다.

"친구는 무슨 친구. 내가 그렇게 발이 넓어 보여?"

영준은 급식소를 좋아했다. 줄 안에 들어 있다는
것만으로도 마음이 편해지곤 했다. 급식소 문이 열리
면 앞에 선 사람들은 줄어들고, 언젠가는 자기 차례
가 오고, 따뜻한 밥과 국과 찬이 나온다. 그 당연한
이치가 좋았다.

그런 생각을 하고 있는데, 나지막이 들려오던 급
식 줄의 목소리가 갑자기 조용해졌다. 노인들이 고개
를 돌린 방향에서 등산복 차림의 꾀죄죄한 남자들이
일고여덟 명 오고 있었다. 키 작고 마른 육십 대 초반의, 빨간 야구 모자를 쓴 남자가 앞장을 섰다.

강 선생과 영준의 바로 앞에 선 노인이 혼잣말 비슷하게 중얼거렸다.

"은광사 패거리가 또 왔네."

은광사라면 저기 약산 중턱에 있는 절이다. 산불로 크게 훼손되었다는 뉴스가 대합실 TV에서 흘러나오던 것이 떠올랐다. 노인이 이쪽을 보는 듯 마는 듯 또 중얼거렸다.

"오늘도 기분 좋게 밥 먹기는 글렀구먼."

영준은 이 동네가 익숙지 않다. 역에서 지내기 전에는 이런저런 일로 오간 적이 있지만 사회인으로서 돌아다닐 때와 지금은 눈에 보이는 것이 완전히 다르다. 강 선생이 설명했다.

"원래 등산객들 상대하는 친구들이라 좀 난폭해. 절이 문을 닫아서 사람이 없으니까 이리로 내려온 모양이네."

길 위쪽에서 내려온 사내들은 급식소 앞에 줄지은 사람들을 밀쳐가며 줄을 뚫고는, 정문 앞에서 줄을 관리하던 앞치마 두른 학생에게 무리지어 다가갔다.

✳

"야, 좀 들어가자!"

선두에 선 빨간 모자 노인이 외쳤다. 앞치마 학생
은 닫힌 유리문 안쪽과 아까부터 줄지어 선 노인들을
몇 차례 번갈아 쳐다보았다. 아마 빨간 모자가 맡아
놓은 자리라도 내놓으라는 듯 윽박지르는 것에 당황
했지만, 그냥 문을 열어주기에는 일찍부터 와서 줄을
선 사람들이 신경쓰였을 것이다. 학생이 쭈뼛쭈뼛 말
했다.

"줄 있는데요."

빨간 모자가 다시 소리를 질렀다.

"못 들었냐? 문 열라니까?"

그쯤 되자 줄 선 노인들 사이에서도 자원봉사자한
테 소리를 지르면 쓰나, 줄 끝에 가서 서라 하는 볼멘
소리가 나왔다. 그러나 정작 앞에 나서는 사람은 아
무도 없다. 은광사 패거리 몇이 노인들을 향해 눈을
부릅뜨고 한 걸음 다가오자 줄이 뱀 구부러지듯 휘었
다. 노인들은 웅성거릴 뿐, 그 사이에서 더 이상 뚜렷
한 목소리는 나오지 않았다.

어느새 영준은 아직 살짝 쓰라린 턱을 매만지고 있

었다. 어젯밤에 나섰다가 어떻게 되었는지를 떠올렸다. 앞치마 학생이 끝내 문을 열지 아니면 맞설지 궁금했다. 영준은 고개를 숙여 발치를 쳐다보았다. 더러운 운동화를 신은 두 발이 제자리에서 안절부절못하며 앞뒤로 움직였다.

그때 묵직한 손이 오른쪽 어깨를 잡았다. 영준은 도로 고개를 들고 옆을 보았다. 강 선생이다. 손아귀에는 힘이 들어가 있고, 얼굴의 미소는 아까보다 아주 조금 더 커져 있다.

"김 씨는 또 나서려구 그러네!"

어젯밤 일을 알고 있나? 역무원 이 주임에게 들은 건가? 영준은 당황했지만 그 와중에도 발은 계속 망설이고 있다. 강 선생이 웃으며 말했다.

"여덟 명이나 있잖아. 밥 먹으러 왔다가 어디 다치기라도 하면 억울해서 어떡해? 김 씨, 이번에는 잠자코 있어 봐. 알았지? 잠자코 있어 봐."

강 선생이 영준의 어깨를 부드럽게 뒤로 밀며 앞으로 나섰다. 그러더니 주저 없이 앞치마 학생을 윽박지르는 빨간 모자 노인에게 걸어갔다.

빨간 모자가 시선을 강 선생에게로 돌렸다. 앞치마 학생도, 빨간 모자의 일행 일곱 명도 강 선생을 쳐다보았다. 줄을 선 노인들도 웅성거림을 멈추고 강 선생을 쳐다보았다.

영준은 강 선생의 입술이 움직이는 것만 보았을 뿐, 무슨 말을 하는지는 듣지 못했다. 빨간 모자가 어이없다는 듯 허, 하고 웃더니 보도블록에 침을 한 번 뱉고 급식소 뒤쪽 골목길로 몸을 돌리고 걸어갔다. 강 선생이 그 뒤를 따랐다. 빨간 모자가 팔을 들어 손짓을 하자 패거리 일곱이 실실 웃으며 느릿느릿 그 뒤를 따라갔다. 앞치마 학생은 빨간 모자와 강 선생의 방향으로 움직이다 말기를 반복했다. 영준은 다시 자기의 두 발을 쳐다보았다.

영준이 망설임을 멈추고 걸음을 내디디려 할 때, 어떻게 알았는지 강 선생이 돌아보고 소리를 쳤다.

"잠자코 있어 봐!"

은광사 패거리의 마지막 하나가 골목 모퉁이를 돌자 줄을 선 노인들이 다시 떠들기 시작했다. 영준은 강 선생이 걱정되었지만, 잠자코 있으라는 말이 묘하

게 발을 묶었다. 앞치마 학생이 이때다 싶었는지 급
식소 문을 열었다. 줄을 선 노인들이 서둘러 안으로
들어갔다. 머릿수건을 쓴 배식원은 밖에서 일어난 일
을 모르는 듯, 웃으며 큰 소리로 "안녕하세요" 하고
인사를 했다.

영준은 골목 입구에 눈이 팔려 줄이 움직이는 것을
눈치채지 못했다. 뒷사람에게 밀쳐진 뒤에야 비로소
주문에서 풀린 것처럼 옆으로 길을 비켰다. 급식소
줄은 강처럼 흘러 영준 곁을 지나갔다.

싸움이 난 것 같은 소리는 들리지 않는다. 영준은
강 선생이 교회에서 받은 돈 봉투를 떠올렸다. 수십
만 원은 족히 될 것이다. 강 선생이 급식소 뒷골목에
서 건달패에게 둘러싸여 돈을 빼앗기는 상상을 했다.

영준은 은광사 패거리 여덟 명이 있는 골목으로 들
어갔다. 부서진 의자와 타이어 가게 간판이 벽에 기
대어 있는 모퉁이를 돌자, 잡초가 콘크리트 틈새로
듬성듬성 자란 좁은 마당이 나왔다. 강 선생은 교회
앞에서 잠깐 그랬던 것처럼 거기에 혼자 멍하니 허공
을 쳐다보며 서 있다. 빨간 모자 노인도 그 부하들도

그곳에 없다.

영준은 강 선생의 어깨를 두 손으로 잡았다. 다친 곳은 없어 보였지만 물었다.

"괜찮으세요?"

"어? 어…. 잠자코 있으라니까 왔네, 또…."

"그놈들 어디 갔어요?"

강 선생이 골목 반대쪽 길을 가리켰다. 주택가 사이로 터덜터덜 걸어가는 무리가 보였다. 빨간 모자가 보일락 말락 했다. 크게 낄낄거리는 소리가 한 차례 들려왔다. 영준은 봉투를 빼앗겼냐고 차마 묻지 못했다. 강 선생이 히죽 웃었다.

"이제 밥 먹으러 가야지?"

영준은 강 선생을 따라 골목을 나왔다. 강 선생은 돈을 빼앗긴 것 치고는 그리 낙담한 것 같지 않았지만 피곤한 기색이 가득했다. 밥을 먹으면 좀 기운이 나겠거니 하는 생각을 하자 영준 자신도 배가 급히 고파왔다. 너무 긴장했던 모양이다.

급식소 안은 꽉 차 있는데 줄은 아직 길다. 다 먹고 나오는 사람이 있어야 들어갈 수 있다. 영준이 줄 끝을 찾아가려고 하는데, 줄 앞쪽에 선 노인 하나가 이쪽을 보더니 손짓을 하며 소리를 쳤다.

"아저씨들, 이리 와서 여기 앞에 서!"

영준은 잠깐 당황해서 줄 뒤쪽에 선 사람들의 눈치를 보았다. 다른 노인이 자기 뒷사람에게 말했다.

"아까 한참 앞에 서 있다가 건달패들 쫓아내려고 잠깐 빠진 사람들이야."

"나도 봤어."

그러더니 줄 뒤에 선 사람들도 영준과 강 선생에게 앞으로 가라고 손짓을 했다.

강 선생이 머뭇거렸다. 영준도 급식소에 들어가기가 꺼려졌다. 은광사 패거리 때문에 시선을 끈 것은 엎질러진 물이라 해도, 밥 먹는 내내 남의 관심이 쏠리는 것은 아무래도 편치 않았다.

영준은 강 선생에게 눈짓을 했다. 강 선생이 멋쩍게 웃으며 줄지어 선 노인들과 급식소 안을 향해 허리를 몇 차례 굽혀 보이고 손을 흔들었다. 영준도 따라서 인사를 했다. 그리고 둘은 아까 건너왔던 중동교를 향해 걸어갔다.

역 앞 편의점은 동산역 이웃들을 별로 반기지 않지만 그렇다고 쫓아내지는 않는다. 점원이 아무 말 없이 물건을 받아들고 손이 서로 닿지 않게 돈을 주고받을 뿐이다. 영준은 이 가게에 들를 때마다 처음 역에 왔을 때를 떠올렸다. 이제는 당시의 광경만 생각날 뿐 서러운 기억은 희미했다.

영준은 강 선생과 함께 파라솔 덮인 플라스틱 탁자 앞에 앉아 컵라면을 후루룩거렸다. 강 선생은 편의점에서 담배를 두 보루나 사서 비닐봉지에 담아왔다. 봉투는 아까 은광사 패거리에게 빼앗겼을 텐데, 양말 속이나 속옷 밑에 다른 돈을 쟁여놓았던 모양이다.

일요일마다 빠짐없이 그랬듯 이 담배는 동산역 이웃들에게 나누어질 것이다. 영준은 강 선생이 왜 그렇게까지 하는지 이해가 잘 가지 않았다. 고맙다는 말이야 들을 수 있겠지만 실제로 득이 되는 일이 아니다. 이웃들 사이에 은혜를 베풀고 목에 힘을 줄 수도 있겠지만 강 선생의 행동을 보면 그조차 아니다.

젓가락으로 남은 건더기를 긁으며 빨간 국물을 들이켜려는데 강 선생이 말을 걸었다.

"내가 왜 같이 오자고 했는지 알아?"

영준은 그릇을 든 채로 고개를 가로저었다.

"어젯밤에 취한 애들이 여학생 괴롭히는 거 김 씨가 막아줬잖아?"

역시 이 주임이 얘기를 하고 다닌 모양이다. 영준은 멋쩍어서 눈을 돌리고 국물을 한 입 마셨다. 강 선생이 말을 계속했다.

"아까 내가 그 골목에 들어갔을 때도 왔지. 건달패가 여덟이나 있는데."

"그냥 멀거니 서 있을 수는 없잖아요."

"거기 줄 서 있던 사람들 중에 한 명이라도 왔나? 얘기를 좀 바꿔보자구. 내가 주말마다 내 돈 써가면서 담배를 사는 게 대단해 보여?"

영준은 솔직하게 대답했다.

"사실 그렇죠."

"근데 아까도 봤지만 난 돈은 어디서든 구할 수 있어. 근데 김 씨는 가진 게 몸뚱이밖에 없는데 취한 불량배들 앞에도 나서고, 깡패들이 진을 친 골목에도 들어간단 말이야. 김영준 씨 당신이 나보다 나은 사람이야."

그런 소리는 아무래도 불편하다. 멋쩍게 웃어 보이고, 아직 국물이 남은 라면 그릇을 버리려 일어서는데, 강 선생이 탁자 위로 팔을 뻗쳐 소매를 잡고 슬쩍 당겼다. 눈이 마주쳤다. 영준은 자리에 도로 앉았다.

강 선생이 붙잡은 소매를 놓고 손을 품에 넣었다가 꺼냈다. 교회에서 받은 그 돈 봉투가 들려 있었다. 처음 봤을 때만큼 두툼하다. 강 선생은 봉투를 탁자에 놓고 천천히 영준에게 밀었다. 영준은 봉투를 물끄러미 쳐다보았다. 차가운 뭔가가 등줄기를 타고 머리까지 달렸다.

강 선생이 말했다.

"김 씨, 올해는 역에서 나가보겠다고 그랬잖어. 그러려면 돈도 있어야 하구."

영준은 봉투에서 눈이 떨어지지 않았다. 강 선생이 계속했다.

"이거, 적은 돈은 아니지만 그렇다고 아주 많은 것도 아냐. 이거 갖고 인생이 바뀌지야 않겠지. 하지만…"

영준의 입에서 말이 터져 나왔다.

"봉투 안 뺏겼네요? 개들이 그냥 갔어요?"

강 선생이 웃었다.

"내가 요령이 있다고 그랬잖아. 그래서…"

영준은 목소리를 높여 말을 또 끊었다.

"도대체 무슨 요령이 있으면 중년 남자들이 돈을 꺼내주고, 깡패들이 그냥 물러가는데요?"

강 선생이 큰 소리로 웃었다.

"사람 말을 좀 끝까지 들어!"

영준은 편의점 직원의 눈이 두 사람에게 쏠리는 것을 눈치채고서 입을 다물었다. 강 선생도 목소리를 낮췄다.

"어려울 것 하나도 없어. 김 씨도 나처럼 할 수 있어. 내가 가르쳐줄 테니까."

허벅지 속 근육 한 줄기가 경련했다. 영준은 숨을 들이쉬고, 앞으로 몸을 기울인 강 선생의 시선에서 눈을 어렵게 떼고서 컵라면 그릇을 내려다보았다. 반쯤 젖혀진 은박 뚜껑에 스프 알갱이가 지저분하게 묻어 있었다. 짧은 라면 가닥 둘이 벌건 국물 속에 가라

앉아 있었다.

"저는 뭘 하면 되나요?"

"오늘 밤부터 매일 열한 시 넘어서 공원으로 와. 며칠 동안 처음부터 찬찬히 알려줄게."

'공원'은 동산강 둔치에 있는 시민공원이다. 역에서는 조금 거리가 있지만 밤에 가끔 잔디 옆길로 차가 지나다닐 뿐 호젓한 곳이라 따뜻한 날이면 동산역 이웃들이 술을 마시러 종종 가곤 했다. 영준도 역 생활을 시작했을 때 두 차례인가 그 가난한 연회에 낀 적이 있다. 요즘은 날이 추워서 거기까지 일부러 놀러가는 사람은 없다.

돈을 버는 법을, 아니 그보다 더 대단할지도 모를 무언가를 한밤중에 인적 없는 공원에서 가르쳐주겠다는 말에 대포 통장에서 장기 매매까지 온갖 생각이 다 떠올랐다.

영준은 그러면서도 고개를 끄덕이며 그러겠다고 하는 자신이 너무 당연하게 생각되었다. 아까 강 선생은 영준을 무슨 의인처럼 추켜세웠다. 그러나 어젯밤에 취객들에게 시비를 건 것도, 오늘 낮에 은광사

43
*

패거리들 여덟 명이 있는 골목에 들어간 것도, 지금 강 선생의 제안을 받아들인 것도, 어쩌면 모두 이유가 같은지도 모른다. 그저 반년에 걸친 역 생활에서 어떤 식으로든 벗어나고 싶을 뿐인지도 모른다.

낮이 되자 역 앞 일대에 사람이 늘었다. 가게 앞에 자리를 차지하고 있는 두 사람을 쏘아보는 점원의 눈총을 유리문 너머로 느끼고, 영준은 이번에야말로 컵라면 그릇을 들고 자리에서 일어났다. 강 선생이 말했다.

"어디 갈 데 있어?"

"피씨방이나 가려고요."

일요일은 오후부터 밤까지 역에 사람이 많다. 2층 잠자리에서 시간을 보내면 내내 바쁘게 걷는 사람들의 종아리를 보고 구둣발 소리를 들어야 한다.

"그 돈 갖고 스크린 경마장 같은 데 가지 말고."

"원래 안 다녀요."

편의점에서 한참을 멀어져서야, 영준은 돈 봉투에 대한 감사 인사를 잊은 것을 깨달았다. 돌아보니 이미 편의점 앞의 플라스틱 의자에는 아무도 앉은 사람이 없었다.

　피씨방의 안경 쓴 알바생은 영준에게 아무 말 하지
않고 자리를 내주었다. 겉옷 빨래는 한 지 좀 되었지
만, 오늘 아침에는 세수도 깔끔하게 했고 어제는 목
욕탕에도 다녀왔다. 여름이라면 모를까, 지금의 영준
은 어두운 피씨방 한구석에 앉아 있으면 그냥 누추한
아저씨일 뿐이다.

　일요일 오후라 아이들이 많았다. 게임을 하며 혼잣
말처럼 외치는 소리들이 섞여 시끄러웠다. 영준은 간
식을 주문하고 헤드폰을 쓴 뒤 동영상을 틀었다. 오
늘 앉았던 곳들 중에 이곳 의자가 제일 편해 마치 허
리가 녹아들어가는 것 같았다. 종일 밖에서 식은 몸
을 따뜻한 공기가 덮혔다. 그러나 마음은 벌써 오늘
밤 찬바람 부는 강가 공원에 가 있었다.

　유튜브 광고로 나온 영화 예고편에 밤하늘이 보였
다. 영준은 영상을 전체 화면으로 키운 뒤 멈추고, 그
하늘을 하염없이 들여다보았다. 이름 모를 별들이 가
득했다.

✻

키보드 옆에 뭔가가 놓였다. 알바생이 가져온, 김이 모락모락 오르는 냉동만두였다. 영준은 재생 버튼을 누르고, 화면을 보는 둥 마는 둥 하며 만두를 먹기 시작했다.

새벽 추위 때문에 잠을 설친 탓인지 조금 노곤해졌다. 관심 없는 동영상들을 멍하니 보다가 다음 것으로 넘기기를 반복했다.

잠깐 눈을 감았다 싶었는데 한기가 들어 눈을 도로 떴다. 컴퓨터는 동영상 하나를 끝내고 가만히 멈춰 있다. 열 시가 넘었는지 헤드폰 소리 너머로도 들리던 아이들의 목소리가 전혀 들리지 않는다. 아무 소리도 들리지 않는다. 헤드폰을 치우려고 손을 움직이려 했지만 꼼짝도 하지 않는다.

주변을 둘러보고 싶었지만 목이 움직이지 않는다. 시야에는 아이들만이 아니라 아무도 없다. 점원조차도 없다. 형광등이 깜박거리는 음료수 냉장고 옆에 몸을 구부정하게 숙인 사람의 윤곽만이 보였다.

그 검은 윤곽이 빠른 걸음으로 다가왔다. 영준은 마취라도 당한 것처럼 의자에 고정되어 그것을 지켜

보았다. 윤곽이 시야 가장자리로 스며드는 것을 보고 소리를 지르고 싶었지만 입술이 얼어붙어 움직이지 않았다.

시야의 경계에서 검은 윤곽이 얼굴을 들이댔다. 색깔 아닌 색깔의 눈이 살을 벗기는 듯한 시선으로 영준의 얼굴을 훑었다. 입이 열렸다. 깊이를 알 수 없는 심연이 그 안에 있었다. 아까 본 영화 예고편이 떠올랐다. 캄캄한 입안에 무수한 별들이 보였다.

영준은 어느새 별들 사이에 있었다. 우주는 어둡되 검지 않았다. 이름 없는 색깔들이 사방을 밝히고 있다. 처음 들어보는 기묘한 불협화음이 저 멀리에서 우주의 진공을 타고 영준의 뇌를 어루만졌다. 어둠과 색깔의 바다에 영준은 혼자 떠 있었다. 아니, 혼자가 아니다. 이제는 이름을 하나하나 말할 수 있을 것 같은 저 색깔들이야말로 영준의 친구요, 가족이었다.

"…손님! 손님!"

뭔가가 몸을 치는 듯한 기분이 들었다. 영준은 경련하듯 바로 일어나 앉았다. 화면에서는 정체 모를 동영상이 돌고 있고 헤드폰에서는 음악이 흘러나오고 있다. 돌아보자 알바생이 어깨를 흔들고 있었다.

"요금 괜찮으세요?"

피씨방은 아직도 손님들로 반쯤 차 있다. 시간을 보았다. 열한 시 십 분이다.

영준은 의자를 엉덩이로 차듯이 자리에서 벌떡 일어났다. 헤드폰 코드가 당겨지며 컴퓨터 위쪽에 꽂혀 있던 잭이 빠졌다. 영준은 알바생을 쳐다보았다. 당황한 자기 얼굴이 알바생의 안경에 흘긋 비쳐 보였다.

영준은 카운터로 가서 봉투 속에서 잡히는 대로 돈을 꺼냈다. 시간과 요금도 확인하지 않고 알바생이 주는 거스름을 급히 받아서 문을 나섰다. 계단을 내려가면서, 그리고 차디찬 밤공기 속을 질러 동산강으로 뛰어가면서 영준의 머릿속은 늦어서는 안 된다는 생각만 가득했다.

운동을 한 지 너무 오래되었다. 딱히 병은 없지만 역에서 생활을 하니 건강하다고는 할 수 없다. 그래도 숨이 가빠 도저히 뛸 수 없을 때까지 뛰었다. 토할 것 같이 숨을 몰아쉬며 멈췄을 때 영준은 공원으로 내려가는 계단 근처에 있었다.

계단 주변에도, 공원의 어느 불빛 아래에도 사람 모습은 보이지 않았다. 영준은 호흡을 다 고르지도 않고 계단을 달려 내려갔다.

계단 아래에서 공원을 둘러보았다. 냇물처럼 가늘어진 강물 흐르는 소리가 크게 느껴질 정도로 고요했다. 셔터가 내려진 매점 뒤, 수십 미터 떨어진 콘크리트 계단, 둔치 아래에 있는 자갈밭, 가로등 그늘 어디에도 강 선생은 없었다.

영준은 둔치를 따라 이어진 차도 옆에 서서 농구 코트 옆에 솟은 시계탑을 보았다. 열한 시 사십 분이다. 강 선생은 돌아간 걸까? 내일 다시 만나줄까?

강변 도로 저편에서 헤드라이트 빛이 비춰왔다. 자동차 한 대가 요란한 소리를 내며 다가왔다. 영준은 차도 밖 잔디로 몇 걸음 물러섰다.

운동화 밑에서 뭔가가 철퍽, 하는 기분이 들었다. 차는 속도를 줄이지도 않고 영준을 지나쳐 길 반대편으로 사라져갔다. 영준은 발밑을 내려다보았다.

때 묻은 운동화에 거무스름한 것이 튀어 있었다.

*

영준이 밟은 것은 차도 옆 가로등 빛의 바로 바깥에 있는, 아직 얼지 않은 웅덩이였다. 영준은 발을 가로등 빛에 비추어 보았다. 신발에 묻은 검은 때 위로 붉은 자국이 나 있다. 영준은 고개를 다시 돌려 누런 잔디밭에 고인 피를 내려다보았다. 목 뒤의 솜털이 모조리 곤두섰다.

영준은 이것이 강 선생의 피임을 알았다. 왜 그런지 이유는 몰랐다. 강가의 도로에서 치일 수 있는 것은 강 선생 말고도 많다. 다른 사람도, 길 잃은 개도, 그 무엇도 여기에 피를 흘릴 수 있다. 그러나 그 모든 다른 가능성들이 영준에게는 일고의 가치도 없는 것처럼 느껴졌다. 여기 고인 이 피는 의심의 여지없이 강 선생의 것이다.

"강 선생님!"

영준은 소리를 쳤다. 강가 아파트 건물들에 반사된 메아리만 으스스하게 돌아왔다.

잔디밭에 엎드렸다. 무릎이 식어오는 것도 아랑곳않고 핏자국을 살폈다. 캄캄해서 보이지 않던 것들이 갑자기 눈에 들어오기 시작했다. 핏방울이 사방으로 튀어 잔디밭을 점점이 물들이고 있다. 타이어 자국이 보였다.

지저분한 붉은색 길이 십 미터 정도 앞, 가로등과 가로등의 중간 어두운 도로변까지 타이어 자국을 따라서 나 있었다. 영준은 갑자기 어지러워져 그 자리에 주저앉았다. 바람이 뺨과 귓불을 벨 것처럼 찼다. 멍하니 하늘을 바라보았다. 유난히 맑아 별들이 잔뜩 보였다.

몸을 일으켰다. 영준의 머릿속에는 강 선생을 찾아내야 한다는 생각밖에 없었다. 한겨울 강가의 추위도, 지난 반년 동안 쌓인 피로도 그저 사소하게만 느껴졌다.

영준은 공원을 떠나 동산역을 향해 걸었다. 밤길을 걷는 얼마 안 되는 사람들의 시선은 낮과 달리 영준을 일부러 피했다. 그 한 명 한 명이 자기가 모르는 것들을 알고서 비웃는 것처럼 생각되었다.

공원의 그 도로에는 속도 제한이 있지만 밤이 되면 거의 지켜지지 않는다. 어느 차가 가드레일도 없는 길을 신나게 달리다가 방향을 잘못 틀었거나 해서 길가에 서 있던 강 선생을 들이받은 것이 분명하다.

직접 본 것도 아닌데, 강 선생이 공원 길가에서 당했을 일이 마치 영화 장면처럼 머릿속에 되풀이되었다. 반복될 때마다 마음 속 영상은 조금씩 더 자세해졌다. 강 선생은 차도에 등을 돌린 채 잔디밭에서 농구 코트의 시계와 계단을 번갈아가며 보고 있다. 은색 중형차가 맹렬한 속도로 다가온다. 헤드라이트가 강 선생을 비추자 운전자는 당황하여 핸들을 순간 길굽이의 반대인 왼쪽으로 꺾었다가 다시 급히 오른쪽으로 돌린다. 강 선생은 뒤를 돌아보지만 얼어붙어 범퍼 한쪽 구석을 피하지 못한다.

브레이크조차 밟지 않은 차는 강 선생을 치고도 힘이 남아 십 미터쯤 지나서야 멈추고, 운전자가 문을 벌컥 열고 내린다. 회색 양복을 입은 삼십 대 중반의 남자다. 금테 안경이 얹혀 있는 통통한 얼굴이 벌겋다. 입에서 술냄새가 난다. 강 선생은 괴롭게 신음하며 숨을 쉰다. 운전자는 주변에 방범 카메라가 있는지 확인한다. 쓰러진 강 선생을 누런 잔디밭 위로 힘

*

겹게 질질 끌어서 차 뒷자리에 밀어 넣는다. 차 문과 뒷좌석에 피가 묻는다.

차는 아까보다 훨씬 조심스러운 속도로 공원을 벗어난다. 줄지은 가로등이 차 뒤에 붙은 번호판을 잡았다 놓치기를 반복한다.

"23바0827."

흰 바탕에 파란 글씨로 쓰인 동산역 명판이 불 꺼진 빌딩 사이로 보이기 시작할 무렵, 영준은 그렇게 중얼거렸다. 이상하게 구체적인 상상이다.

영준은 그때 퍼뜩 생각이 들었다. 교회를 찾아가야 한다. 강 선생은 목사가 고향 친구라고 했다. 그러면 강 선생의 가족을 알고 있을지도 모른다. 강 선생에게 무슨 일이 일어났건, 자신보다 더 잘 아는 사람에게 알려야 한다고 영준은 생각했다.

방향을 돌려 교회 쪽으로 걸었다. 교차로에서 신호등이 바뀌기를 기다렸다. 같은 편에서 기다리는 사람은 없다. 한산한 밤길을 차들이 휙휙 지나갔다. 인도에서 몇 걸음만 앞으로 내딛으면, 저 중 어느 한 대라도 핸들을 잘못 꺾으면···. 4차선 도로 맞은편에 사람이 하나 와서 섰다가, 영준이 있는 걸 눈치챘는지 횡단보도 반대쪽 구석으로 자리를 옮겼다. 파란불이 들어오자 이쪽을 흘끔흘끔 쳐다보며 빠른 걸음으로 길을 건넜다.

중동나눔교회 간판은 아래에서부터 올라오는 조명으로 밝혀져, 튀어나온 글씨들이 위쪽으로 그림자를 드리웠다. 십자가 아래에 있는 시계도 조명이 아래에서 위로 비추고 있었다. 교회 창문은 대부분 어두웠지만 1층에 불이 들어온 곳이 보였다.

영준은 사람 하나가 들어갈 정도로 빼꼼 열린 철창문을 지나 현관 초인종을 울렸다. 찬송가로 짐작되는 벨 소리가 났다.

얼마 지나지 않아 카디건을 어깨에 걸친 마른 체형의 중년 여자가 문을 열었다. 여자는 영준을 보더니 잠시 놀랐다가 애처롭고 안타깝다는 표정을 지었다. 겨울날 허름한 차림을 한 방문객이 교회 문을 두드렸으니 그게 가장 어울리는 얼굴이라고 여겼을 것 같았다.

"아이구, 이 밤중에 무슨 일이세요? 나눔터는 토요

일 낮이라 남은 게 없는데….”

영준은 말을 돌려서 할 여유가 없었다.

“목사님 계세요?”

상대는 금세 의심하는 표정이 되었다.

“목사님은 왜요?”

“친구 분이 다치셨어요. 지금 계세요?”

영준은 그 말을 급히 내뱉고 바로 잘못을 깨달았
다. 교회의 결정권자를 불러내 뭔가 뜯어내려는 거짓
말로 들릴 것이다. 상대의 얼굴이 아주 조금 일그러
졌다.

“목사님은 지금 안 계세요. 나중에 낮에 오세요.”

“어디 가셨는데요? 급한 일이라 그래요.”

얼굴에 짜증이 더 드러났다. 말투가 차가워졌다.

“성도 분 임종기도 가셨어요. 원래도 일요일 밤에
는 여기 안 계세요. 나중에 다시 오세요.”

영준이 뭘 더 물어야 할지 망설이던 차에 눈앞에서
현관문이 닫혔다. 초인종을 다시 눌러 보았지만 아무
리 기다려도 답이 없다. 더 누르거나 문을 두드렸다
가는 경찰을 부를지도 모른다는 생각에, 영준은 동산

역을 향해 걷기 시작했다.

영준은 자정이 한참 넘어 동산역에 도착했다. 역을 오가는 사람은 이제 거의 없다. 역사 내에서 술을 마시는 것을 역무원에게 들키면 큰 호통을 듣지만, 주말 밤 늦게는 1층 이웃들이 어느 구석에선가 조용한 술판을 벌이기 마련이다.

1층 사람들이라면 같은 층에서 지내는 강 선생에 관해 더 잘 알고 있을 것이었다. 적어도 집이 어디인지, 사고에 관해 알릴 만한 사람이 누구인지 정도는 들을 수 있으리라고 영준은 생각했다.

역에 들어가기 전에 편의점에서 소주 두 병과 과자 세 봉지, 마른 오징어 하나를 샀다. 술판에 끼려면 뭔가 가져가는 것이 이치다. 빈손으로 가도 쫓아내지는 않겠지만, 평소 왕래가 잦지 않은 이웃들에게 부탁을 하려는 참이니 이 정도 투자는 해야 한다고 생각했다. 비닐봉지를 들고 편의점을 나섰다.

일곱 명 정도 되는 이웃들이 매표소에서 좀 떨어진 기둥 뒤 고장난 형광등 아래에서 박스를 펼쳐놓고 앉아 소주를 마시고 있는 것을 발견했다. 매표소 앞을 지나다가 안에 있는 직원과 눈이 마주쳤다. 영준은 고개를 숙이는 듯 눈을 돌리고 술자리에 다가갔다.

의외로 2층에서 같이 지내는 박 씨가 자리에 끼어 있었다. 영준은 자리에 앉지 않고 가볍게 인사를 했다. 취기가 꽤 오른 박 씨가 반갑게 말했다.

"어? 김 씨, 여기는 웬일이야? 어여 앉아서 한잔 받어."

박 씨 외에는 모두 1층 사람들이다. 조금 서먹했지만, 술과 안주를 봉투에서 꺼내놓자 모두의 얼굴에 안심과 환영의 기색이 돌았다. 얼굴도 호칭도 대충 알기는 아는 사람들이다. 최 선생이라 불리는 육십 대 노인은 동산역의 대부 같은 존재다. 강 선생에 대해 아는 사람이 있다면 아마 최 선생일 것이었다.

영준은 종이컵을 두 손으로 받치고 박 씨가 따라주는 술을 받아 바로 비웠다.

영준이 오기 한 시간 정도 전부터는 마신 것 같은 얼굴들인데도, 여기 모인 사람들은 목소리가 높지 않다. 역 안에서 술을 마시려면 당연한 일이다. 영준은 말을 아끼며 오가는 이야기들에 귀를 기울였다. 성산 시청과 자선 단체에서 벌이는 사업에 관한 이야기가 한참 벌어지다가 약산 은광사의 화재 얘기가 나왔다. 최 선생이 말했다.

"내가 오늘 저녁 먹으러 갔다가 들었는데 말이야. 다리 건너 대승급식소 있잖아? 절에서 운영하는 데. 어, 거기, 잘생긴 청년이 봉사활동하는 거기. 낮에 은광사 깡패 같은 놈들이 내려왔다더라고. 절이 문을 닫았으니까 벌이가 없어서 왔겠지. 근데 행패를 부리다가 어떻게 됐냐면…."

영준은 침을 삼켰다. 최 선생은 한참을 홀짝거리던 잔을 한 번에 비우고 빈 잔을 내밀었다. 재빨리 술병을 들어 잔을 채워주었다.

"음, 음. 거기 마침 강 선생이 점심을 먹으러 와 있었다는 거야. 그리고 은광사 놈들 열 명을 골목으로 데려가서 호통을 쳐서 쫓아냈대."

자리에 낮은 탄성이 울렸다.

"강 선생님이 배짱이 있으세요. 말도 잘하고…."

누군가가 말을 보탰다. 최 선생이 과장되게 고개를

끄덕이며 담뱃갑이 비어져 나온 웃옷 주머니를 두드
렸다.

"알지, 알지. 우리도 이렇게 덕을 보잖아? 된 사람
이야."

화제는 강 선생에게로 옮아갔다. 강 선생에게 받은
물건이나 도움에 관한 이야기만 오갔다. 영준이 물었
다.

"근데 강 선생님 이름이 뭔지 아세요?"

최 선생은 잠시 곤란한 표정으로 영준을 쳐다보다
가 주변을 둘러보았다. 다들 서로를 쳐다보기만 했
다. 한 명이 말했다.

"분명 들은 것 같기는 한데, 맨날 강 선생님, 강 선
생님이라고만 하다 보니까…"

이름조차 아는 사람이 없다. 영준은 다시 물었다.

"오늘 만나기로 했는데 안 나오셔서요."

최 선생이 말했다.

"난 낮에 담배 가지고 왔을 때 봤는데. 저쪽 뒷자리
에서 자고 있는 거 아냐?"

박 씨가 말했다.

"안 그래도 자리 권하려고 아까 가봤는데 담요만 있던데요."

다들 서로 쳐다보고 어깨를 으쓱했다. 영준은 화제가 옮아가기 전에 마지막으로 물었다.

"좀 걱정이 돼서 그러는데, 혹시 가족이나 친구 얘기 들어보신 적 있으세요?"

최 선생이 입맛을 다셨다. 역 이웃들은 개인사 캐묻는 것을 좋아하지 않는다.

"김 씨, 술맛 떨어지게 왜 그런 걸 물어보고 그래. 어여 한잔 받아."

영준은 종이컵에 반쯤 남은 소주를 비우고 최 선생이 따라주는 술을 받았다. 그러면서도 자리에 앉은 사람들의 얼굴을 둘러보았다. 강 선생에 관해 뭔가 안다는 눈치를 보이는 사람이 아무도 없다. 이름조차 모르는데 가족에 관해 알 것이라고 기대할 수는 없다. 하지만 좀 무리를 해서라도 알아낼 수 있는 것은 다 알아내야 한다고 영준은 생각했다. 그리고 품에 손을 넣어, 강 선생에게 받은 돈 봉투에서 지폐 한 장을 잡히는 대로 꺼냈다. 오만 원 권이 나왔다. 아까

위하지 않으려 애쓰면서 그 돈을 바닥에 내려놓았다. 모두가 눈이 휘둥그래져서 돈과 영준을 번갈아 쳐다보았다.

"정말 급하고 걱정이 돼서 그럽니다. 강 선생님이 사고를 당한 것 같아요. 혹시라도 아는 게 있으면 얘기해주세요."

돈이 탐나서 거짓말로 나서려는 충동도 있을 테지만, 모인 사람들은 서로의 눈치를 보고 있다. 뭔가 알고 있는데 말하기를 꺼리는 것인지, 거짓말을 했다가 옆 사람에게 들키기를 꺼리는 것인지 짐작이 가지 않았다.

아무도 더 말을 하지 않았다. 술잔을 들지도, 채우지도 않는 침묵이 계속됐다. 영준은 오만 원을 집어들고 자리에서 일어났다. 앞으로 1층 사람들과의 사이가 한층 서먹해질 것임을 느꼈다.

영준은 잘 마셨다고 내뱉고 자리를 떴다.

계단을 걸어 올라갔다. 마침 이 주임이 멈춘 에스컬레이터를 밟으며 내려오다가 멈춰 서서 웃는 얼굴로 인사를 했다. 어젯밤 일이 아직 기억에 생생한 모양이다. 영준은 혹시나 하는 마음으로 이 주임에게 물었다.

"아주머니, 혹시 강 선생님 이름 아세요?"

"…아니? 나야 모르지."

"가족이나 친구 얘기 들으신 적 있어요?"

이 주임은 영준을 이상하다는 듯 쳐다보다가 말했다.

"나한테 그런 얘길 누가 한다고 그래. 그건 왜 물어보는데?"

영준은 한숨을 쉬었다.

"아니에요. 퇴근길 살펴 가세요."

이 주임은 다시 웃는 얼굴을 하고 손을 들어 보이더니 계단을 계속 내려갔다. 영준은 갑자기 생각이 들어 뒤를 돌아보고 물었다.

"혹시 어젯밤 얘기 강 선생님한테 하셨어요? 혹시 오늘 보셨어요?"

"안 했어. 어제 그러고 나서 바로 퇴근하고 오늘 낮에 나왔는데, 강 선생은 못 봤어."

이 주임이 다시 손을 흔들고 바삐 역을 나섰다.

✳

영준은 남은 계단을 올랐다. 자리에 가기도 전에 창틀 사이로 스며드는 외풍이 느껴졌다. 박 씨의 회색 담요와 박스 깔개를 지나쳐 자리로 갔다. 아침에 먼지를 털고 대충 구겨놓은 이불이 있다. 영준은 벽에 비스듬히 기대어 앉아 이불을 덮었다. 오후에 피씨방에서 잠을 잤지만, 공원에서 긴장했던 탓인지, 술기운 때문인지, 아니면 반년의 역사 생활 동안 쌓인 피로의 무게 때문인지 눈이 곧 감겨왔다.

영준은 자동차 뒷좌석에 옆으로 누워 피를 흘리고 있었다. 몸이 거의 움직이지 않는다. 늘어선 가로등이 창밖으로 휙휙 지나갔다. 요란한 엔진 소리에 섞여서 운전자가 중얼거리는 소리가 들렸다.

"죽지 마라. 죽지 마라…. 왜 하필 노숙자가 거기서 튀어나와…. 재수가 없으려니까…."

힘겹게 올려다본 룸미러에, 흘끔흘끔 뒤를 쳐다보는 금테 안경 너머의 두 눈이 비쳤다. 겁에 질린 얼굴이다. 영준은 피투성이가 된 옷이 더럽고 거추장스럽다고 느꼈다. 옷만이 아니라 이 망가진 몸을 벗어나고 싶다는 충동이다. 마음만 먹으면 정말로 그럴 수

도 있을 것 같은 기분이 들지만, 의식이 동산역 형광
등처럼 깜박인다.

영준은 가족이 보고 싶었다. 친구들을 만나고 싶었
다. 고가도로를 지날 때 창밖으로 별들이 보였다. 별
들이 한없이 그리웠다. 밤하늘 깊은 곳에서 음악이
들려올 것 같았다. 색깔 아닌 색깔들이 다친 몸을 감
싸줄 것 같았다.

문이 열리고, 확 들어오는 찬바람과 함께 운전자가
고개를 들이민다. 금테 안경이 꿈틀거릴 정도로 이맛
살을 찌푸리고 영준을 뚫어지게 쳐다보다가 도로 문
을 닫는다. 앞창 너머로 흰색 병원 건물이 보인다. 다
시 의식이 꺼진다.

"김 씨, 김 씨!"

누군가 자기를 부르는 소리에 영준은 의식이 돌아
왔다. 차 안이 아니다. 영준은 외풍이 새어 들어오는
동산역 2층 벽에 기대어 앉아 담요를 끌어안고 있었
다. 눈앞에는 사람 하나가 얼굴을 들이밀고 있다. 대
합실 형광등을 등지고 있어서 얼굴이 잘 보이지 않지
만, 거기에는 빛 아닌 빛도, 깊이 모를 별 구덩이도

없다. 영준은 차게 식은 손가락을 꼼지락거려보고는 바닥을 짚고 일어나 앉았다.

"김 씨, 아까 강 선생 애기 물어봤잖아요."

잠이 덜 깼는지 아직 좀 몽롱했다.

"네, 네."

사람이 자리에 주저앉았다. 각도가 바뀌자 형광등 불빛이 얼굴을 비췄다. 아까 같이 술을 마시던 1층 이웃 중 하나다. 이름이 기억나지 않는다. 장 씨였던 가?

"사실은 내가 강 선생이랑 개인적으로 전부터 좀 애기를 하던 사이예요."

그 말을 듣고 영준은 잠이 확 달아나서 허리를 곧 추세웠다. 장 씨가 말을 계속했다.

"근데 아까 그 오만 원…."

"아, 물론이죠. 애기해주면 드릴게요."

장 씨가 입술을 핥았다.

"정말 주는 거지?"

"그렇다니까요?"

영준은 서둘러 말하라는 손짓을 했다. 장 씨가 잠

시 생각하는 듯하다가 다시 입을 열었다.

그 순간 영준은 신기한 경험을 했다. 장 씨의 입이 움직이고 소리가 났지만 말이 하나도 귀에 들어오지 않았다. 대신 장 씨의 눈과 입술, 혀의 움직임이 마치 돋보기로 개미를 보듯 또렷이 보였다. 장 씨의 입에서 튀는 침 한 방울 한 방울이 눈에 잡혔다.

머리 깊은 곳 어딘가에서 누군가가 속삭였다. 누군가가 빛을 비췄다. 영준은 알았다. 장 씨는 거짓말을 지어내고 있다. 오만 원이 아쉬워서, 사람의 생사가 걸렸을지도 모르는 일에 관해 속이고 있는 것이다. 매주 담배와 먹을 것을 가져다주는 강 선생에 관한 일인데도. 뭐라 말할 수 없는 불편함에 가슴이 답답해졌다.

장 씨가 말을 마치고 영준을 쳐다보았다. 여기서 거짓말이라고 따져봤자 의미가 없다. 영준은 아무 말도 하지 않고 아까 봉투에서 꺼내 주머니에 넣어둔 오만 원 권을 꺼내 장 씨에게 내밀었다. 장 씨가 어리둥절해하며 쳐다봤다.

"아직 아무 말도 안 했는데?"

"네?"

장 씨가 돈에 손을 뻗쳐왔다. 영준은 재빨리 돈을
주머니에 도로 넣었다. 그리고 말했다.

"얘기해주지 말아요. 안 들어도 괜찮으니까."

"뭐야, 지금? 장난하자는 거야?"

장 씨가 당장 걷어차기라도 할 기세로 자리에서 확
일어섰다. 영준은 앉은 채로 무릎을 감싸 안아 배를
가리고, 고개를 들어 장씨와 눈을 마주쳤다. 장 씨의
얼굴에 잠시 놀란 기색이 스쳐지나갔다. 장 씨가 옆
바닥에 가래침을 소리가 나도록 뱉고 말했다.

"듣기 싫으면 그만인데, 모처럼 생각해서 이 밤중
에 2층까지 올라왔구먼. 사람 그렇게 놀리는 거 아니
야."

영준은 그 목소리에 실린 두려움을 느꼈다. 왜 장
씨가 거짓말을 할 거라고 확신했던 걸까? 장 씨는 왜
저렇게 겁을 먹은 걸까? 장 씨가 허겁지겁 계단을 내
려가는 것을 보며 영준은 뭔가 잘못되었다고 생각했
다.

✳

다음 날 아침, 영준은 월요일 출근 인파의 구둣발 소리에 잠에서 깼다. 조금 한산한 틈새를 잡아 급히 화장실에 가 세수를 하고 이를 닦았다. 일반인과 제대로 된 대화를 해야 하니, 세탁한 지 오래된 옷이지만 벗어서 몇 차례 털고 매무새를 다듬었다. 서둘러 교회에 가서 목사를 만나야 한다는 생각만 들었다.

차에 치인 사람에게 하룻밤은 짧지 않을 것이다. 서서히 피를 흘리다 죽을 수도 있는 시간이고 응급실에서 고비를 넘길 수도 있는 시간이다. 강 선생이 어떻게 됐는지는 모른다. 하지만 어떤 식으로든 결판이 나 있을 것이다. 영준은 마음이 편해지는 것이 맞는지 조급해지는 것이 맞는지 가늠이 되지 않았다.

사람이 이렇게 많은 시간에 길을 다니는 것은 오랜만이다. 영준도 한때는 저 사람들과 비슷한 차림을 하고 같은 시간에 같은 방향으로 걸었다. 이제는 출근 인파를 거슬러 길을 가고 있다. 영준은 인도에서 내려와 차도 가장자리로 걸었다.

가는 길 내내 짜증과 경멸이 섞인 시선들이 내리꽂혔다. 출근하는 시민들 하나하나는 허름한 옷을 입은 남자가 인도 옆을 지나가는 것을 슬쩍 보고 지나칠 뿐이다. 그러나 영준의 입장에서는 수백의 눈과 입을 가진 덩어리가 거대한 구렁이처럼 꿈틀거리며 자기를 줄곧 쏘아보는 셈이다. 평소에 사람 많은 길을 피하는 것은 그 때문이다.

하지만 지금은 그런 것을 따질 판국이 아니다. 빨리 교회에 가서 목사에게 말해야 한다. 강 선생이 다쳤다고, 금테 안경을 쓴 뺑소니범이 강 선생을 차 뒷자리에 실어서 어디론가 데려갔다고….

거기까지 생각하고, 영준은 뺑소니범의 생김새도, 강 선생을 실은 차의 모습도, 심지어는 차에 치었다는 사실조차도, 전부 자기의 상상에 지나지 않는다는 것을 상기했다. 순간 걸음을 멈췄다. 노란색 마을버스가 어깨를 스치다시피 하며 지나갔다.

혼란스러웠다. 동산역에 돌아갔을 때 강 선생과 마주치지 말라는 법도 없다. 길에서 생활하면 정신이 병들기 쉽다는 것은 상식이고, 영준은 그 실례를 몇 사람이나 알고 있다. 어쩌면 자기도 그렇게 되고 있는 것인지 모른다….

가장자리라고는 하지만 차도에 멀거니 서 있어서 인지, 수많은 눈과 입과 다리로 된 덩어리가 영준을 향해 뿜는 시선의 색깔이 미묘하게 변했다. 누군가가 영준의 소매를 뒤에서 잡아끌었다. 열일고여덟쯤 되어 보이는 남학생이다.

"아저씨, 아저씨! 여기 서 있으면 다쳐요."

영준은 학생을 멀거니 쳐다보다가 인도 위로 올라왔다. 학생은 눈을 마주치지 못하고 이리저리 돌리더니 고개를 반쯤 꾸벅하고 다시 인파에 합류했다.

영준은 덩어리와 어깨가 부딪히는 것도 개의치 않고 인도 위를 계속 걸었다. 교회 앞 횡단보도에 멈춰서 신호를 기다릴 무렵에는 이미 길을 가는 사람의 수가 확연히 줄어 있었다. 횡단보도 건너편도 휑하니 비어 있다.

교회 철창문은 활짝 열려 있고 마당에는 아무도 없었다. 영준은 주차장을 훑어보았다. 목사 전용 팻말이 붙어 있는 자리에 꽤 고급스러운 자동차가 들어서 있었다. 현관에 다가가 나뭇결무늬 플라스틱에 하얀 글씨로 붙은 예배 시간표를 살펴보았다. 새벽 기도회가 끝난 지도 꽤 된 시간이다.

영준은 초인종을 눌렀다. 찬송가 벨이 울렸다. 한참처럼 느껴지는 일 분이 지나고 안에서 남자 목소리가 들렸다.

"잠깐만 기다리세요."

영준은 허리를 펴고 옷매무새를 다시 다듬었다. 주린 속에 가슴이 뛰기 시작했다. 문이 열리고 일요일에 빵과 커피를 가져다주었던 청년이 고개를 내밀었다. 영준을 알아보는 눈치다.

"안녕하세요. 무슨 일이세요?"

"목사님 좀 만나러 왔어요."

청년이 물었다.

"혹시 어젯밤에 오신 분이에요?"

청년의 얼굴은 무표정했다. 그렇다고 해야 하나? 아니라고 해도 의심할 것 같다. 영준은 고개를 끄덕였다.

"들어오세요."

영준은 주변을 두리번거리며 청년을 따라갔다. 청년은 영준이 마치 길이라도 잃을 것처럼 간간이 뒤를

돌아보며 손짓을 했다. 아침이라 불은 껐는데 해가
아직 들지 않아 안은 어두웠다.

녹색 부직포 게시판이 곳곳에 붙은 복도를 지났
다. 모퉁이를 돌자 햇빛 줄기가 앞을 가로막고 있었
다. 청년은 다시 뒤를 돌아보고 손짓을 했다. 영준은
그 앞을 지나가다가, 빛이 새어 나오는 쌍여닫이문의
틈새를 들여다보았다. 나무 장의자가 여럿 늘어서 있
고, 그 앞에 소박한 연단이 있다. 복도는 어둡지만 저
안은 햇빛이 가득했다.

"뭐하세요? 목사님 거기 안 계세요."

청년이 계단 앞에서 재촉하는 소리를 듣고서 영준
은 문틈에서 눈을 뗐다. 얼룩덜룩한 돌계단에 청년의
구둣발 소리가 딱딱 울렸다. 영준은 나무 손잡이를
잡고 계단을 올랐다.

청년은 '목사실'이라는 플라스틱 문패가 붙은 문을
쳐다보지도 않고 지나쳐 '개인기도실'이라는 이름의
방 앞에 멈춰 섰다. 청년이 영준을 한 번 돌아보고 고
개를 끄덕이더니 문을 두드렸다. 문이 열렸다. 일요
일에 봤던 흰색 가운 차림의 목사가 나왔다.

*

"어, 지훈이, 수고했어요. 가봐요."

지훈이라 불린 청년은 허리를 꾸벅 숙여 목사에게 인사를 하고, 계단 쪽으로 걸어갔다. 영준이 지훈의 등 뒤를 보고 있는데 목사가 말을 걸었다.

"어젯밤에 온 분이죠? 제 친구가 다쳤다고요?"

영준이 고개를 목사에게로 돌리고 대답을 하려 하자 목사는 영준의 어깨에 가볍게 손을 얹고 다른 쪽 손으로 방 안을 가리켰다.

개인기도실은 예배실과 반대 방향으로 창이 나 있는 데다가 암막 커튼이 쳐 있었다. 커튼 위에 걸린 십자가 뒤에서 미미하게 빛나는 전기 조명이 방의 유일한 광원이었다. 방 안에 하나밖에 없는 딱딱한 나무 의자를 향해 목사가 손짓을 했다. 영준은 잠깐 머뭇거리다가 앉았다. 그러고 보니 아직도 목사의 이름을 모른다. 지나오면서 본 게시판에 적혀 있었을 텐데….

"일요일 아침에 강성태랑 같이 오셨던 것 같은데…, 혹시 다쳤다는 게 그 친구인가요?"

목사가 강 선생의 이름을 알고 있다. 영준은 어깨

에서 큰 짐을 던 기분이 되었다. 어젯밤에 본 것을 얘기했다. 실제로 본 것과 아닌 것을 구별하기가 어려웠다. 영준은 현실과 꿈이 섞인 말을 계속하다가 '아니, 그게 아니고'를 몇 차례나 반복하는 와중에, 사실과 상상을 구별할 자신이 없다는 것을 깨달았다. 과연 공원에서 피 웅덩이를 보기는 한 것인지? 운동화의 붉은 자국은 거기서 묻은 것이 맞기는 한지? 타이어 자국이 있기는 있었는지?

영준은 어디까지 얘기했는지 잊고 얼마나 더 말해야 하는지 생각이 나지 않아 말을 멈췄다. 피곤해졌다. 고개를 떨구고 얼굴을 손에 파묻었다. 가만히 듣고 있던 목사가 말했다.

"많이 당황하신 모양인데, 천천히 생각하세요. 저는 뭘 어떻게 하면 되나요?"

영준은 얼굴을 들었다. 그렇게 반가운 말을 전에 들어본 게 언제인지 기억도 나지 않는다.

"강 선생님 가족이나 친척한테 알려서 경찰에 신고하라고 해주시면…."

목사가 말없이 영준의 얼굴을 쳐다보았다. 영준은

일반인과 눈이 마주칠 때면 항상 그랬듯 시선을 피하고 싶은 충동에 휩싸였다. 참았다. 참고 목사의 얼굴을 마주보았다. 온화한 눈을 하고 인자한 미소를 짓고 있다. 목사가 영준의 머리에 손을 얹었다.

"형제님, 우선 마음을 편하게 가지세요. 주님께서 함께하실 테니 걱정하실 것 없습니다."

무엇을 하겠다고도, 무엇을 알고 있다고도 말하지 않았지만, 영준은 그 손이 더없이 따뜻하게 느껴져 말없이 고개를 숙이고 눈을 감았다. 목사의 기도가 들렸다.

"사랑하는 우리 주님, 한 형제가 이웃을 걱정하여 주님의 종을 찾아왔습니다. 그 마음을 평안하게 해주시옵시고, 주님의 자녀 강성태가 다시 이 형제의 곁으로 돌아올 수 있도록 인도하여 주시옵소서…."

기도는 이어졌다. 머리에 닿은 목사의 손은 따뜻했다. 어젯밤부터 느꼈던 혼란스러움이 서서히 진정되어갔다. 목사의 나지막하고 끊임없는 목소리를 들으며 영준은 다시 별이 가득한 하늘을 떠올렸다. 아무도 없지만 모든 것이 있는 색깔 아닌 색깔을. 기도는 어느새 사람의 말이 아닌, 어디서 들려오는지도 모를 음악으로 느껴지고 있다. 포근하다. 이제 춥지도 않고 외롭지도 않다….

이러고 있을 때가 아니라는 생각에 영준은 퍼뜩 눈을 떴다. 그리고 고개를 홱 들어 목사를 쳐다보았다. 목사의 얼굴에는 아까의 온화한 눈과 인자한 미소가 더 이상 없었다. 눈이 있어야 할 자리에는 뭐라 말하기 어려운 색깔들이 소용돌이치고 있다. 시커먼 구덩이 같은 입안에서는 별들이 빛나고 있다. 저것은 보아서는 안 될 것이라고, 영준의 뇌 깊은 곳의 무언가가 비명을 질렀다.

영준은 자리에서 벌떡 일어났다. 조용한 방에 의자가 우당탕 넘어지는 소리가 울렸다. 목사가 한 걸음 뒤로 물러섰다. 영준은 문을 뜯어낼 듯 급히 당겨 열고 밖으로 뛰어나갔다. 복도를 달리다가 뒤에서 목사가 부르는 것 같은 소리를 들었다.

"김영준 형제! 김영준 형제!"

영준은 계단을 달려 내려갔다. 손잡이가 없었으면 굴러떨어졌을 것이다. 멈추지 않고 복도를 달렸다.

✳

맞은편에서 종이 무더기를 들고 오는 아까 그 청년이 당황해서 옆으로 피했다. 영준은 현관문을 밀쳐 열고 뛰쳐나갔다.

영준은 달렸다. 사방 모든 것이 뒤섞여 분간이 가지 않았다. 스쿠터 한 대가 코앞을 스치듯 지나갔을 때야 비로소 멈춰 섰다. 영준은 빨간 신호등이 켜진 횡단보도 위, 대로 한가운데 서 있었다. 숨이 턱끝까지 찬 것을 그제야 알아챘다.

후들거리는 다리로 급히 길의 나머지 반을 건넌 후, 영준은 안전 기둥을 짚고 그 자리에 주저앉았다. 개인기도실에서 본 목사의 얼굴은 두 차례 꿈에서 본 그것과 같았다. 이루 말할 수 없는 색깔의 커다란 눈, 입이 있어야 할 자리에는 깊이를 알 수 없는 심연….

영준은 무엇을 의심해야 할지도 몰랐다. 토요일 밤에 동산역 2층에서, 일요일 오후에 피씨방에서 본 그것이 꿈이 아닌 진짜였는지? 아니면 지친 정신이 목사의 얼굴에 꿈속의 괴물을 덮어씌웠는지?

횡단보도 앞에 주저앉은 채 영준은 두 손으로 얼굴

을 감쌌다. 이렇게 정신이 나가고 마는 것일까. 현실과 망상의 경계가 없어져, 동산역 이웃들에게도 동정의 눈길을 받게 되는 것일까. 영준은 얼마 남지도 않은 힘을 쥐어짜 확 일어서며 말했다.

"공원에 다시 가야 돼."

혼잣말이 너무 크게 나왔는지, 마침 인도를 지나가던 커플이 깜짝 놀라 옆으로 피했다. 영준은 당황해서 자기도 모르게 그 둘을 향해 오른손을 뻗었다. 둘은 한 걸음 더 멀리 물러서고, 영준을 흘겨보더니 곧 시선을 돌리고 걸어가버렸다.

영준은 강변 공원으로 내려가는 계단이 있는 중동교를 향해 걸었다. 해는 꽤 높이 떴다. 그 교회의 어두운 복도에도 빛이 들었을 만한 시간이다. 배가 고팠다. 가는 길에 있는, 처음 가보는 편의점에서 삼각김밥을 샀다. 품에서 봉투를 꺼내 만 원짜리를 찾아 뒤적거리는데 점원의 시선이 느껴져 몸을 슬그머니 옆으로 돌렸다.

추위가 수그러들고 낮에 내리쬐는 햇볕이 따뜻해서 그런지, 월요일인데도 공원에는 사람이 조금 있었다. 어젯밤 문을 닫았던 매점에서는 지루한 표정을 한 아주머니가 턱을 괴고 강을 바라보고 있다. 영준 또래의 남자 여섯이 양복 재킷을 벗고 농구를 하고 있다. 아직 아무도 영준에게 눈을 돌리지 않는다.

영준은 핏자국이 있던 잔디 바닥을 찾아 주변을 살폈다. 어제 본 것이 진짜였는지 확인해야만 했다.

"뭐 찾아요? 떨어뜨렸어요?"

매점에서 외치는 소리가 들렸다. 영준은 그쪽을 보고 물었다.

"여기 그… 핏자국 있지 않았어요?"

"나는 못 봤는데…."

영준은 다시 고개를 숙이고 바닥을 찾았다. 분명 여기였던 것 같은데 그 크고 질척한 웅덩이가 보이지 않는다. 매점에서 다시 말이 들려왔다.

"오늘이 새벽에 물차가 잔디 물 주는 날이었구만. 그다음에 청소차도 왔을 거고…."

머리가 띵했다. 그 피투성이 땅이 자국 한 방울 없도록 깨끗이 치워졌을 리가 없다는 생각에, 영준은 바닥에 엎드리다시피 해서 누런 잔디를 뒤졌다.

＊

땅은 물로 축축했다. 손을 흙에 문질렀다. 손에 묻어나는 붉은 것이 흙의 색깔인지 피의 색깔인지 구별이 가지 않았다. 코에 가져다 대자 젖은 흙냄새만 났다.

영준은 포기하지 않고 바닥을 계속 더듬었다. 손바닥만 한 넓이에 걸쳐 누런 잔디에 들러붙은 핏자국을 찾았을 때, 영준은 마치 보물이라도 발견한 기분이 되었다.

비록 씻겨 내려가기는 했지만 어젯밤에 본 것은 가짜가 아니다. 영준은 잔디 위에 주저앉아 한숨을 내쉬었다.

아까까지 농구를 하던 남자들이 공을 챙겨 들고 벤치 위에 걸쳐둔 재킷을 주섬주섬 챙겨 입기 시작했다. 점심시간에 놀러 나왔다가 직장으로 돌아가는 것이리라 짐작하고 있는데, 그중 한 명이 나머지와 떨어져서 영준을 향해 다가왔다. 영준은 경계하며 몸을 일으켰다.

"아저씨, 찾던 거 찾으셨어요?"

남자는 남색 양복에 자주색 넥타이를 매고 있었고,

표정은 호기심에 차 있었다.

"여기 이거⋯."

영준은 바닥을 가리켰다.

"아, 여기서 또 누가 치고 갔나 보네."

남자는 핏자국을 보더니 이맛살을 찌푸리면서도 대수롭지 않다는 듯 말했다. 영준은 잠깐 혼란스러워졌다.

"네?"

남자는 뭘 물어보는지 모르겠다는 얼굴로 농구 골대 옆을 가리켰다. 잔디밭 가장자리에는 노란 바탕에 검은색으로 그린 네발짐승과 함께 짧은 문구가 쓰인 표지판이 꽂혀 있었다.

'너구리, 길고양이 출몰 주의'

"아."

입에서 자기도 모르게 소리가 새어 나왔다. 오장육부가 아래로 꺼지는 느낌이 들었다. 다리가 떨려 말없이 멍하니 서 있는 것밖에 할 수 없었다. 남자는 영준을 유심히 쳐다보다 "가볼게요" 한마디를 건성으로 던지고, 벌써 계단 위까지 올라가 이쪽을 내려다보는 동료들을 향해 성큼성큼 돌아갔다.

영준은 힘 빠진 다리를 억지로 옮겼다. 어느새 밖에 나와 있던 매점 주인이 말을 걸어왔다.

"아저씨! 찾았어요?"

"…모르겠어요."

영준은 한숨을 내쉬었다. 저 아주머니 눈에 자기가 겨울날 잔디밭을 기는 정신 나간 놈 정도로 여겨질 것이라 생각하니 가슴이 답답해왔다. 아주머니가 금속 뚜껑이 달린 유리병을 내밀었다.

"아저씨, 날도 추운데 이거 받아요. 안 좋은 일 있을 때는 따뜻하고 단 걸 먹어야 돼."

받아드니 따뜻했다. 온장고에서 데워진 꿀물이다. 영준은 두 손으로 병을 잡았다.

"고맙습니다."

아주머니가 고개를 연신 끄덕였다. 그냥 보고만 있어도 다 괜찮아질 것 같은 웃음을 짓고 있었다. 영준은 강 선생을 떠올렸다.

꿀물을 손에 감싸쥐고 계단 옆 벤치에 앉았다. 엉덩이가 찼지만, 뜨겁다시피 한 꿀물 병의 온기가 손바닥을 타고 팔로 전해졌다. 뚜껑을 돌려 열고 들이 켰다. 진하고 단 향기와 함께 뜨거움이 뱃속에 퍼졌 다.

홍분과 실망이 뒤섞인 마음이 조금씩 침착해졌다. 영준은 역에 돌아가봐야겠다는 생각이 들었다. 어젯 밤에는 어느 불쌍한 너구리인지 고라니인지가 흘린 피를 보고 놀라 허둥거렸을 뿐이다. 강 선생은 그저 약속을 잊어버렸을 뿐이고, 멀쩡히 살아서 역에 앉아 있을 것이다. 찾아가서 왜 어젯밤에 나오지 않았느냐 고 따지면, 다른 일 때문에 깜박 잊어버렸노라고, 오 늘밤에는 정말로 만나자고, 평소대로 웃으면서 말할 것이다.

그렇게 생각하자 마음이 편해지고 긴장이 풀렸다. 꿀물은 삼킨 뒤에도 입안에 향기를 남겼다. 내용물이 반쯤 남은 유리병도 아직 따뜻했다. 겨울 햇살이 정 수리를 덥혔고, 냇물처럼 줄어든 동산강이 소리를 내 며 흘렀다. 어딘가에서 참새 소리가 들려왔다. 졸음 이 찾아왔다.

그 편안함은 금방 사라졌다. 온몸이 고통으로 뭉개

지는 것 같은데 입에서는 변변찮은 신음만 새어 나온다. 따뜻한 햇살은 어디론가 사라지고 캄캄한 밤하늘에 별만이 보인다. 입안 가득 피 맛이 돌고 희미한 흙냄새가 풍긴다.

영준은 흙이 딱딱하게 얼어붙은 도랑에 누워 있다. 멈춰 선 자동차의 헤드라이트가 전에 봤던 그 금테 안경의 통통한 남자를 비춘다. 굳은 낯빛에서 두려움과 약간의 죄책감이 병자의 단내처럼 풍긴다.

안경 남자가 수그리고 앉는다. 말이라도 하려는가 싶었지만, 남자는 비포장도로 가장자리에 널브러진 지푸라기와 마른 풀을 영준에게 뿌린다. 그러나 바닥의 풀을 다 모아도 자기의 죄책감은커녕 눈앞의 몸뚱이조차 덮을 수 없다는 것을 깨달았는지, 곧 포기하고 자리에서 일어나 허둥지둥 차로 돌아간다.

통증이 둔해지고 머리가 가벼워진다. 차갑게 마른 도랑에서 피를 흘리며 영준은 별을 바라보았다. 그리고 가족을, 친구들을 생각했다. 떠오르는 것은 얼굴도 기억도 아닌, 강렬하지만 막연한 감촉들이다. 캄캄한 밤하늘 저편에서 찾아오는, 형체 없는 온기다.

영준은 부들부들 떨리는 손을 위로 뻗었다. 하늘 멀리 맴도는 그 온기를 맞이하고 싶었다. 이 부서진 몸을 벗어던지고 싶었다. 돌아갈 집을 간절히, 간절히 그렸다.

그 그리움에 영준의 마음이 달구어졌다. 저 멀리 밤하늘에만 있는 줄 알았던 색깔 아닌 색깔, 빛 아닌 빛이 마음속에서 세게 불타올랐다. 머리가 뜨거워졌다. 영준은 더 간절히 마음속 빛에 불을 지폈다.

그리고 몸이 자유로워졌다. 영준은 하늘로 솟구쳤다. 아무것도 없는 허공에 서로 수십 수백 광년씩 떨어진 외로운 별들만이 무수히 박힌 밤하늘이 아니라, 말할 수 없는 색들, 평온한 불협화음으로 가득한 그 그리운 하늘로….

타는 냄새가 났다. 영준은 아래를 내려다보았다. 저 아래 도랑에 강 선생이 미동도 하지 않고 누워 있었다. 강 선생의 이마에는 탄 듯한 자국이 나서 김인지 연기인지를 뿜고 있다. 얼마 전까지만 해도 자기였던 그 몸의 죽음을 보고, 영준은 지금까지 있는 줄도 몰랐던 깊이의 슬픔을 느꼈다.

크게 경련하며 눈을 떴다. 공원 벤치에서 잠깐 잠이 든 모양이었다. 이제는 식은 꿀물 병을 쥔 손에 차가운 것이 내려앉았다. 하늘을 올려다보니 구름이 잔뜩 끼어 눈이 내리기 시작하고 있었다.

시계탑은 세 시 십오 분을 가리키고 있었다. 영준은 자리에서 일어나 역을 향해 걷기 시작했다.

강가 공원에서 잠이 든 탓인지 몸 여기저기 추위가 들었다. 역으로 돌아가는 길에 영준은 국밥집에 들렀다. 점원은 영준을 위아래로 훑어보았지만 저녁 시간이 아니라 한산해서인지 아무 말 없이 손으로 자리를 가리켰다.

따뜻한 돼지국밥이 나왔다. 탁자에 놓인 그릇에서 다대기를 덜어다 뚝배기에 넣고 저었다. 원래는 따로 시켜야 하는 소면이 밥과 함께 들어가 있었다. 영준은 서둘러 먹었다. 몸에 온기가 퍼졌다. 영준은 낮에 꾼 꿈에서 느낀 따뜻함을 떠올렸다.

값을 치르고 식당을 나섰다. 눈은 아직도 그치지 않고 있었다. 영준은 눈이 강 선생의 시신을 이불처럼 덮는 상상을 했다.

강변 벤치에서 본 것이 정말로 그냥 꿈인지, 아니면 결국 정신이 이상해지고 있는 것인지 영준은 알지 못했다. 단지 그게 진짜일 수가 없다는 것만은 알았다. 그런데 왜 그것이 마치 손 닿는 곳에서 벌어진 현실처럼 생각되는 것일까.

영준은 역 앞에 멈춰 섰다. 국밥으로 속이 든든해진 덕분인지, 추위가 괴롭지 않고 오히려 정신을 맑게 하는 것처럼 느껴졌다.

역에서 몇 달 동안 지내며, 영준은 노숙 생활에서 가장 괴로운 것이 자리가 없다는 사실이라는 것을 알았다. 집도 없다. 직장도 없다. 몸은 있는데 그것을 계속 둘 곳이 없다. 역사 2층 자리도 일어나면 이미 내 것이 아니다. 지금의 처지가 바로 그렇다는 것을 영준은 깨달았다. 몸도 그렇지만 마음 또한 자리를 잡지 않으면 안 된다.

흘겨보며 지나가는 사람들을 아랑곳 않고서 영준은 소리 내어 말했다.

"강 선생은 죽었어."

그 말과 함께, 정수리와 어깨를 누르던 무거운 것이 사라졌다. 곁을 지나는 행인들의 발소리가 더 빨라졌다. 뭔가 불만스럽게 중얼거리는 소리도 들렸다. 영준은 허리를 펴고 성큼성큼 걸었다.

정문을 지나자 한쪽 구석에 제복을 입은 경찰 세 명이 보였다. 이웃 예닐곱 명을 데려다놓고 뭔가 얘기를 하고 있는 듯했다. 생활안전과에 누가 또 민원이라도 넣은 건가 해서 못 본 척 지나치려는데, 최 선생이 이쪽을 보고 손을 흔들며 소리를 쳤다.

"김 씨! 김 씨!"

경찰들이 일제히 영준을 쳐다보았다. 그중 한 명이 빠른 걸음으로 다가왔다. 무표정한 얼굴이 굉장히 진지해 보였다. 경찰은 아무 말도 없이 영준의 소매를 붙잡고 끌어당겼다. 영준은 공연히 저항하지 않고 끌려가 이웃들 사이에 합류했다.

일행의 지휘자인 것 같은 중년 남자 경관이 안경 너머로 영준을 뚫어지듯 쳐다보다가 물었다.

"이름이 뭐야?"

"김영준요."

"강성태라는 사람 알아?"

심장이 한 번 크게 뛰었다.

"잘 아는 사이는 아닌데요."

"어젯밤에 강성태 씨가 사고를 당했다 그랬다며?"

영준은 이웃들을 쳐다보았다. 최 선생이 눈을 돌렸다. 이 남자는 생활안전과가 아니라고 직감했다. 영준은 대답을 머뭇거렸다.

"직접 본 건 아니고, 그냥 느낌이… 약속 장소에 안 나오길래."

경찰이 눈을 조금 크게 떴다.

"약속을 했었다? 어디서?"

"강변 공원에서요."

경찰이 자기 동료들 쪽으로 눈짓을 하고 말했다.

"바쁜 일 없는 거 아니까, 같이 서에 가서 형사님이랑 얘기 좀 합시다."

"저는 아는 게 없는데…."

다른 경찰이 다가와 영준의 등에 손을 얹었다. 크고 묵직한 손이다. 영준이 옆으로 피하자 다른 손이 팔을 잡아왔다. 이웃들이 숨을 죽이고 영준을 쳐다보고 있는데 의외로 장 씨가 나섰다.

"아, 모른다잖아요! 차에 치었다면서요? 저 사람이 차 몰고 다닐 것처럼 생겼어?"

강 선생이 차에 치었다는 말을 듣고 영준은 몸이 떨리는 것을 참았다. 경찰들이 장 씨를 향해 한 걸음 다가갔고, 장 씨는 물러섰다. 영준은 급히 말했다.

"갈게요. 같이 갈 테니까, 근데 정말 할 말이 없어요."

그렇지 않다. 할 말은 많다. 금테 안경을 쓴 남자 얘기도 할 수 있다. 은색 중형차 얘기도 할 수 있다. 금테 안경이 강 선생을 병원 앞에까지 데려갔다가 마음을 바꿔 교외로 싣고 간 것도 말할 수 있다. 거기에서 시체를 도랑에 버렸다는 이야기도 할 수 있다. 마른 풀을 뜯어 덮는 시늉을 하며 보이던 당황스럽고 죄책감 어린 표정도 생생히 묘사할 수 있다. 강 선생이 얼마나 괴로웠는지, 부러진 갈비뼈와 뭉개진 창자의 고통을 직접 겪은 것처럼 서술할 수도 있다. 그러나 그때가 언제이며 당신은 어디 있었느냐고 물으면 대답할 말이 없었다.

영준은 경관의 손에 부축되듯 붙잡혀 역을 나섰다.

경찰차는 택시를 연상시켰다. 중년 경관이 영준을 뒷자리에 태우고 조수석에 앉자, 운전석에서 기다리던 젊은 순경이 물었다.

"이 사람은 뭐예요?"

"참고인."

앞자리에 앉은 경찰들은 서로 아무 말도 하지 않았다. 경찰 무전기에서 알아듣기 힘든 지직거리는 소리가 들렸다. 영준은 뒷자리에 앉아 서에 가면 무슨 말을 해야 할지 생각했다. 뭘 얘기하면 믿어줄지, 뭘 얘기하면 범인을 잡아줄지, 아무래도 떠오르지 않았다.

미색 타일이 군데군데 깨진 경찰서는 굳이 차를 타고 올 필요가 있나 싶을 정도로 가까웠다. 경찰은 문을 열어주고, 영준이 어디 도망이라도 갈 것처럼 팔을 붙잡아 끌었다. 영준은 저항하지 않고 따라갔다. 경관은 내내 이쪽을 거의 쳐다보지도 않았다. '악성 폭력 특별단속기간'이라는 현수막 아래 있는 정문으로 영준은 터덜터덜 걸어 들어갔다.

2층 형사과에는 사람보다 책상이 많았다. 몇 명이

고개를 들어 이쪽을 쳐다보았다가 이내 컴퓨터 화면
으로 시선을 되돌렸다. 영준은 구석에 있는 탁자 앞
에 앉혀져 주민등록증을 내주고 경찰관이 내민 서류
를 받았다. 꼼꼼하게 읽어볼 틈도 없이 형광펜으로
표시한 부분에 서명을 했다.

"송영희 형사님 돌아오실 때까지 저기 들어가 있어
요."

영준은 경관이 가리킨 칸막이 공간에 들어가, 컴퓨
터가 놓인 말끔한 책상을 마주 보고 의자에 앉았다.

시간은 느릿느릿한 타자 소리와 함께 흘렀다. 영
준은 사무실에 혹시 강 선생에 관한 이야기가 있는지
귀를 기울였다. 기침 소리가 간혹 들렸다. 문이 열리
고 닫히는 소리가 들릴 때마다 뒤를 돌아보았다.

얼마 안 있자 작은 키에 사오십쯤 되어 보이는 여
자가 오른팔에 코트를 걸치고 들어와 영준의 건너편
에 앉았다. 쌓인 피로가 눈언저리에 역력했다.

형사는 목례를 하는 영준을 무시하고 가방에서 서
류철을 몇 개 꺼내 책상 위에 올려놓은 다음 키보드
를 아무렇게나 두드렸다. 컴퓨터가 작동되는 낮은 소

리가 들렸다. 형사가 서류철 하나를 열고 말했다.

"동산역에서 노숙하는 김용준 씨…, 맞죠?"

"김영준요."

형사가 서류에 볼펜을 끄적거렸다.

"어제 새벽 두 시에서 세 시 사이에 어디 있었어요?"

형사는 그 질문을 하고서야 영준과 눈을 마주쳤다.

"역사 2층에서 자고 있었는데요."

"그때 옆에 있던 사람 있어요?"

옆자리 박 씨가 어젯밤에 있었던가?

"경비 도는 사람이 아마 봤을 거예요. 저 자는 거."

"경비원 이름 알아요?"

"윤수철이요."

형사가 짧게 키보드를 두드리고 말했다.

"피해자랑은 무슨 사이예요? 강성태 씨 말이에요."

"역에서 알고 지내는 사이예요. 강 선생님이 어떻게 됐는데요?"

형사는 심드렁하게 말했다.

"차에 치였어요. 그리고 한참 동안 자동차 같은 거

＊

에 실려 있다가 장두면에 있는 밭에 버려졌는데…."

형사가 아까는 보이지 않던 종이컵에서 커피를 한 모금 마셨다.

"이게 그냥 뺑소니면 교통과에서 처리할 텐데…."

영준은 형사가 서류철에서 꺼내어 내미는 사진을 보았다. 사진 속의 강 선생은 원래부터 살아 있었다고 생각되지 않는 모습을 하고 있다. 약간 웅크린 몸이 마치 대충 말아서 치워둔 거적때기 같아 보였다. 이마에는 검은 그을음 같은 자국이 있다. 영준은 아무 말 없이 그 자국을 노려보았다. 형사가 관찰하는 시선이 느껴졌다.

"어젯밤에 동산역 노숙자들한테 말이에요, 강성태 씨가 사고를 당했다고 그랬다면서요?"

"뭘 알아서 그런 게 아니라…."

"그렇게 얘기한 건 맞죠?"

"네."

"약속 시간은 언제였어요?"

"밤 열한 시요. 한 삼십 분 늦게 나갔는데…."

형사가 또 키보드를 두드렸다. 영준은 말을 멈췄다

가, 형사가 계속하라는 투로 손을 흔들자 말을 계속했다.

"…바닥에 핏자국이 있더라고요. 사람은 안 보이고 피는 있으니까 차에 치인 게 아닌가 하고…."

형사가 의자를 뒤로 빼고 안경을 고쳐 쓰더니 영준을 쳐다보았다. 영준은 그 시선에 몸이 굳어졌다.

"사람이 보통 그렇게 바로 생각을 해요? 얘기 들으니까, 강 선생 얘기를 해주면 오만 원 준다고 그랬다면서요? 노숙자한테 적은 돈이 아닐 텐데."

"무슨 말씀이신지…."

"혹시 직접 봤어요? 강성태 씨가 차에 치이고 그 차에 실려가는 걸. 약속 장소에는 왜 늦게 나갔어요?"

형사의 시선 아래에서 영준은 망설였다. 봤다고 얘기하면 어떨까? 그 꿈 아닌 꿈에서 본 것을 진짜로 봤다고 얘기해도 믿어주지 않을까? 영준은 피씨방에서 잠이 들었다는 이야기를 하지 않았다. 그리고 거짓말을 했다.

"사실은 늦게 나간 게 아니고요…."

영준은 자기가 '본' 것을 이야기했다. 마치 방금 본 영화처럼 생생하게 떠올랐다. 강 선생을 태운 차가 병원 근처에 멈춘 것이나 도랑에 강 선생을 버리고 간 것은 빼놓았지만, 강변 공원에 관해서는 어느 하나의 디테일도 놓치지 않았다. 형사는 계속 타자를 쳐나갔지만 그 시선은 화면도 키보드도 아닌 영준의 얼굴에 멈춰 있었다.

이야기가 끝나자 형사가 입을 열었다.

"굉장히 자세하게 보셨네."

영준은 고개를 몇 차례 끄덕였다. 형사가 말을 이었다.

"근데 그거 어디서 본 거예요?"

"네?"

"어느 자리에서 보셨냐고."

영준은 바로 대답을 하지 못했다.

"방금 진술한 대로면 말이에요. 피해자 바로 옆에 있었다는 얘기거든?"

"네?"

영준은 당황했다. 형사가 몰아붙였다.

"그때 뭐했어요? 범인이 피해자를 차에 실어가는 걸 그냥 보고 있었다는 얘기잖아. 신고도 안 한 주제에 노숙자들한테는 사고가 났다고 떠들고 다녔고."

영준이 할 말을 찾지 못하고 더듬거리는데 형사가 외쳤다.

"이 순경!"

아까 영준을 안내한 제복 경찰이 다가왔다. 영준이 자리에서 일어나려는데 형사가 말했다.

"이 사람 소지품 검사해봐."

"여기서요?"

"주머니만 좀 털어. 짐작 가는 게 있어서 그래."

순경이 영준을 쳐다보고 말했다.

"뒤로 돌아서 만세해봐요."

영준은 뒤로 돌아 두 팔을 들었다. 순경이 외투 위를 손으로 두드려 나갔다. 아랫자락까지 가기도 전에 손이 가슴께에서 멈췄다. 형사가 고개를 끄덕이자 순경이 안주머니에 손을 넣었다. 영준은 돈 봉투가 품 안에 있었다는 것을 그제야 기억해냈다.

봉투가 책상 위에 떨어졌다. 만 원 권과 오만 원 권

✳

두어 장이 미끄러져 나왔다. 형사가 봉투 입구를 벌려 안을 들여다보았다.

"이거 이백몇십은 되겠는데?"

"그건요…."

형사가 자리에서 일어나 호통을 쳤다.

"당신이 달려오는 차에다 강성태를 밀었지? 그리고 운전자한테 입막음으로 돈 받은 거 아니야? 이거 진짜 악질이네."

사무실의 시선이 전부 영준에게 꽂혔다.

"아니에요! 이건 강 선생한테 받은 돈…."

"일단 긴급체포로 처리해서 유치실에 넣어놔야겠네. 하룻밤 자고 나면 이실직고할 기분이 드실지 좀 봅시다."

영준은 소리를 쳤다.

"무슨 말이에요! 제가 왜 강 선생님을 밀어요!"

영준이 변론할 틈은 없었다. 형사가 바로 일어나서 영준의 왼팔을, 순경이 오른팔을 잡았다. 몸부림을 쳐보려 했지만 팔을 잡은 손들이 더 세게 조여올 뿐이었다. 형사가 말했다.

"가만 안 있으면 수갑 채운다."

몸에서 힘이 빠졌다. 형사와 순경에게 붙잡혀, 형사과에 들어온 입구가 아니라 늘어선 칸막이들을 지나는 뒷길로 끌려갔다. 벽에 화살표와 함께 '보호실'이라는 글씨가 보였다.

모퉁이를 돌자 벽에 녹색 매트를 붙인 복도가 나왔다. 그 끝에는 하늘색 칠이 군데군데 벗겨진 철문이 버티고 서 있었다.

어쩌면 다행인지도 모른다. 영준은 자기가 강 선생을 밀었다고는 하지 않더라도, 강 선생이 사고를 당했을 때 옆에 있다가 운전자에게 돈을 받고서 신고를 안 했다고 얘기하는 것이 어떨지 생각했다. 거짓말이지만, 여기서 거짓말 말고는 할 수 있는 얘기가 없다. 여하튼 그러면 수사는 이루어질 것이고 범인은 잡힐 것이다.

철문까지 가기 전에 형사가 멈춰 섰다. 형사가 왼쪽으로 고갯짓을 하자 순경이 복도 중간의 유리벽에 달린 문을 열었다. 영준은 철창문을 쳐다보던 눈을 왼쪽으로 돌렸다. '변호인 접견실'이라는 표지판이 붙은 투명한 벽 너머로 탁자와 의자가 보였다. 구석의 급수대 곁에는 골판지 박스에서 비어져 나온 종이컵과 믹스커피 봉지들이 있었다.

"이 순경은 돌아가봐. 여기서 얘기 좀 하다가 보호실에 들여보낼 테니까."

"서류는 어떻게 할까요?"

"내가 이따가 해놓을게."

순경은 "예" 하고 짧게 대답하고는 왔던 길을 되돌아갔다. 구둣발 소리가 멀어져갔다.

영준은 형사에게 끌려 접견실 안으로 들어갔다. 형사가 의자 쪽으로 손짓을 하며 말했다.

"커피 한 잔 할래요?"

영준은 고개를 끄덕이고 탁자 앞에 앉았다. 맞은편에 걸린 커다란 거울에 자기 모습이 비쳤다. 형사는 급수대로 걸어가 종이컵을 세 개 뽑고, 박스에서 믹스커피 두 봉지를 꺼내 하나를 뜯어 종이컵에 부었다.

"동산역은 지낼 만해요?"

영준은 형사가 갑자기 온화하게 뜸을 들이는 것을

보고 더럭 겁이 났다. 형사가 말을 계속 했다.

"겨울도 다 끝나가는데 요즘 이상하게 춥더라고."

영준은 대답하지 않았다. 형사가 이쪽을 힐끗 쳐다
보고, 두 번째 종이컵에 나머지 믹스커피를 담은 뒤
뜨거운 물을 붓기 시작했다. 좁은 방에 들쩍지근한
커피 냄새가 퍼졌다.

"솔직하게 있었던 대로 얘기해봐요. 경찰이라는 게
말이에요, 사람들 생각하는 것보다 훨씬 바빠요. 김
영준 씨 같은 사람을 일일이 잡고 다닐 수는 없거든."

형사가 커피가 담긴 종이컵 둘을 탁자에 내려놓고
꺼내놓은 세 번째 종이컵에 찬물을 조금 담아가지고
왔다.

"그러니까 잘 생각해봐요."

영준은 형사가 품에서 꺼내 내미는 담배 한 개비를
받아 입에 물었다. 벽에 붙은 금연 표지판이 눈에 들
어왔다. 형사가 라이터를 꺼내 불을 붙여주고, 물이
담긴 종이컵을 테이블 중앙으로 밀었다.

"사실은 아무것도 못 봤지요? 돈은 어디 다른 데서
난 거고, 아까 한 얘기는 지어낸 소리지요?"

✳

영준은 아까 강 선생을 밀었다고 추궁당했을 때보다도 당황했다. 왜 강 선생에게 평소 무슨 원한이 있었는지 묻지 않는 걸까? 왜 남의 목숨으로 자해공갈을 한 살인범으로 몰지 않는 걸까?

형사가 뭔가를 더 얘기했지만 영준의 귀에는 들어오지 않았다. 그러나 눈에는 보이는 것이 있었다. 마치 어젯밤에 장 씨가 오만 원을 받기 위해 거짓말을 했을 때처럼, 형사의 표정이, 아니 안면 근육 한 가닥 한 가닥의 꿈틀거림이 모두 보였다.

그리고 영준은 빛 아닌 빛으로 형사를 보았다. 초조함이 마치 밤안개처럼 형사의 눈을 흐리고 있다. 형사는 얼굴로, 온몸으로, 뺑소니는 목격자가 없으면 잡는 것이 불가능에 가깝다고 말하고 있다. 유족조차 없는 노숙자의 교통사고 사건보다 중요한 일이 얼마든지 있다고 말하고 있다. 믿을 수 있는지 없는지 모르는, 심지어 정해진 거처도 연락처도 없는 김영준의 진술만 달랑 있어서는 사건을 해결하지도 포기하지도 못할 것을 걱정하고 있다. 영준은 들어올 때 경찰서 정문에 걸린 '악성폭력 특별단속기간' 현수막을 기억했다. 올려야 할 실적은 따로 있는 것이다.

"잘 생각해봐요."

영준은 그렇게 되풀이하는 형사를 빤히 쳐다보았
다. 형사의 눈은 길을 걸을 때마다 꽂히는 행인들의
시선과 같다. 영준이 빨리 없어져줬으면, 나랑 관계
없는 곳으로 가주었으면 하는 바람이 담긴 눈빛이다.
경찰조차도 강 선생의 죽음을 보살펴주지 않는다. 영
준은 장례가 치러지는지도 알지 못했다. 눈물이 치밀
어 올랐다.

그때 거울 속에서 무언가가 움직였다.

영준은 자리에서 천천히 일어났다. 형사가 경계하
며 의자를 슬슬 뒤로 뺐다. 거울 속 영준의 눈시울에
서 무언가가 꿈틀거리고 있었다. 형사가 미간을 찌푸
리며 말했다.

"아니, 왜 갑자기 일어나고 그래. 도로 앉아요."

형사에게는 안 보이는 것인지? 영준은 머릿속에서
얼굴로 밀어 닥쳐오는 압력과 열을 느꼈다. 거울 속
영준의 눈과 입에서 검은 것이 흘러나왔다. 아니, 검
은색이 아니다. 온갖 색깔이 섞여 밤하늘처럼 빛나는

어둠이다. 영준은 꿈속에서 분명 알 것만 같았던 그 색깔들의 이름을 떠올리려고 순간 애썼지만, 도무지 말로 기억나지 않는다는 것을 곧 알았다. 빛나는 어둠이 방안에 퍼져 나갔다. 담배 연기가 퍼지는 것과도 안개가 깔리는 것과도 다른, 깊은 밤하늘의 조각이 접견실의 허공을 잠식하는 모습이었다.

영준은 자리에 앉았다. 시선은 거울에서 떼지 않았다. 형사가 재촉했다.

"그래, 이제 생각이 좀 난 거예요?"

영준의 입에서 흘러나온, 말로 할 수 없는 색깔들이 거울 속에서 형사를 감고 돌며 귀로, 코로, 입으로, 눈으로 스며들었다. 형사의 눈이 커졌다. 입이 벌어져 닫힐 줄을 몰랐다. 질식하는 사람처럼 형사의 코가 벌름거리고 눈에 눈물이 고여갔다. 영준의 귀가 화음 없는 아득한 합창으로 울려왔다. 영준은 펼쳐지는 어둠에 깊이 잠기고 싶은 그리움과 함께, 형사에게 설명할 수 없는 친밀감을 느꼈다. 오래도록 알던 사이에나 있을 법한 편안함이 만져졌다.

형사의 표정이 누그러지더니 곧 밝게 웃는 얼굴이

되었다. 눈언저리에 끼어 있던 아까의 피로는 말끔히 사라져 있다. 표정에 어울리지 않게 두 눈시울 가장자리로 눈물방울이 흘러내렸다.

영준이 말했다.

"저 아무것도 모르니까 이제 그만 돌아가고 싶어요."

"네."

영준은 아까 뺏긴 돈 봉투를 형사에게서 받아들며, 강 선생이 교회 신도들에게서 돈을 받았던 것을 떠올렸다. 형사가 자리에서 일어났다. 형사가 마치 오래된 친구처럼 바라보고 있었다. 영준은 그것이 이상하다는 것을 알았지만, 당연한 자연스러움을 느꼈다.

영준이 형사와 함께 사무실로 돌아왔을 무렵에는 책상들이 더 비어 있었다. 사무실 깊숙한 곳에 앉아 있던 백발 희끗한 남자가 읽던 책에서 눈을 올리고 말했다.

"송 형사, 저 사람 유치실 가는 거 아니었어? 수속은 했어?"

"보니까 상관없는 분이에요. 돌려보내려고요."

백발 남자가 고개를 끄덕였고, 영준은 형사의 배웅을 받으며 형사과를 나섰다.

영준은 접견실 거울 속에 비친 것이 무엇이었는지 알지 못했다. 그러나 마치 숨결이나 손가락처럼 날 때부터 가지고 있던 것만 같았다. 두려워야 마땅할 텐데 전혀 그런 기분이 들지 않았다. 눈 뒤가 뜨거웠다. 이마에 손을 짚어보았다. 열기가 느껴졌다. 그러나 정신은 멀쩡했다. 멀쩡하다고 생각되었다.

1층 로비에서 벽에 붙은 안내판을 들여다보며, 영준은 꿈속에서 본 자동차 번호판을 다시 떠올렸다.

"23바0827."

그리고 교통과를 향해 서둘러 걸었다.

영준은 시내 모텔에 방을 빌렸다. 계산대에 앉은 노인은 처음에 수상한 눈으로 쳐다보았지만, 돈 봉투에서 현금을 내밀고 일주일을 묵겠다고 하니 군소리 없이 열쇠를 내주었다.

영준은 누구 눈치도 볼 필요 없이 몇 시간 동안 편하게 목욕을 했다. 이를 몇 번씩 다시 닦았다.

✳

교통과 경찰이 가르쳐준 주소는 바로 길 건너 빌딩이었다. 영준은 자기가 무엇을 했길래 경찰이 번호판을 조회해주었는지 이모저모로 생각을 해보았지만 짐작조차 가지 않았다. 그저 경찰관과의 사이에 친근감과 온기만을 느꼈을 뿐이다. 그때는 그 모든 것이 너무나도 당연했다. 지금은 그것이 너무나도 부자연스러웠다.

머리에는 계속 열기가 느껴졌지만 정신은 맑았고 몸도 멀쩡했다. 영준은 깨끗한 몸으로 푹신한 침대에 누웠다. 잠이 오지 않아 잠깐 뒤척였지만 정신을 차려보니 늦은 아침이었다. 수개월간 겪어본 적 없을 정도로 몸이 개운했다.

자리에서 일어나 벗어놓은 옷들을 쳐다보았다. 깨끗하게 씻고 편히 자고 난 다음이라 그런지, 어제까지 입던 옷이 남의 빨랫감처럼 느껴졌다. 속옷을 쓰레기통에 버리고 맨살에 겉옷을 입었다.

영준은 모텔을 나갔다. 살짝 경사진 길 아래에서 횡단보도를 건넜다. 강 선생을 친 자동차는 개인 소유가 아니라 성박물산이라는 회사 소유였다. 그 빌딩 앞에 섰다. 1층에 카페가 있는 십여 층짜리 사무실 건물이다. 범인은 여기 근무하는 누군가다. 차가 비싸 보였던 것을 생각하면 아마 높은 직급일 것이다. 지하 주차장에 들어가서 확인할까 했지만, 젊고 날카로워 뵈는 경비원이 이쪽을 계속 흘겨보고 있었다.

영준은 시외버스 터미널 쪽으로 걸었다. 기대한 대로 폐점 세일 현수막이 걸린 옷가게가 눈에 들어왔다. 가게 밖에 바퀴 달린 옷걸이들을 늘어놓고 반값 이하에 팔고 있다. 세일이라곤 해도 평소라면 감당하기 어려운 값이지만, 아직 봉투는 두툼하다.

영준이 옷을 고르는 동안 직원이 계속 따라다니며 눈총을 주었다. 제일 싼 검은 면바지와 회색 셔츠 그리고 두꺼운 감색 외투를 샀다. 입어본 뒤 사고 싶었지만, 직원이 허락할 것 같지 않았다.

"속옷도 팔아요?"

직원이 가게 바로 안쪽 구석에 놓인 골판지 박스를 가리켰다. '70%'라고 빨간색으로 쓰인 종이가 코팅되어 꽂혀 있었다. 맞는 크기가 두 벌밖에 없었다. 한 치수 큰 것을 두 벌 더 꺼냈다. 옆의 상자에서 양말

네 켤레를 잡히는 대로 꺼냈다.

직원은 허름한 차림의 영준이 돈 봉투를 꺼내는 것을 보고 수상하다는 눈으로 쳐다보았지만, 다른 말 없이 거스름을 주고 종이봉투에 옷을 담아 내밀었다.

영준은 옷을 들고 시외버스 터미널에 들어갔다. 여기에도 사람들이 살지만 다른 곳의 이웃이 오는 것을 좋게 보지 않는다. 문을 들어서자마자 차림새로 영준의 처지를 알아보고 자기들끼리 수군거리는 모습이 보였다.

영준은 동산역과 터미널의 분위기가 왜 그렇게 다른지 생각했다. 어쩌면 강 선생은 매주 일요일 가져다주는 담배와 함께 그 이름 없는 색깔로 동산역 이웃들을 감쌌는지도 모른다. 교회에서 그랬던 것처럼, 그리고 영준이 경찰서에서 형사와 교통과 경찰에게 그랬던 것처럼. 그 친근한 온기로 역의 차가운 콘크리트 벽 같은 이웃들의 마음을 덥혔는지도 모른다.

자기도 강 선생의 그 색깔에 닿았을지 모른다는 생각에 영준은 몸을 움찔했다. 그것이 대체 무엇인지 영준은 아직도 짐작조차 가지 않았다. 그러나 거기

✳

실린 따뜻함은 한없이 그립고 포근한 것만큼이나 이 세상의 것이 아니었다. 그 온기는 이질적이었고, 영준은 그것이 아직 두려웠다.

영준은 터미널 이웃들의 시선을 피해 화장실에 들어갔다. 칸 하나의 문을 열고 들어가 방금 산 새 옷으로 갈아입었다. 벗어서 양변기 뚜껑에 내려놓은 옷을 잠시 쳐다보았다. 그리고 외투에서 돈 봉투를 꺼낸 뒤 옷을 변기 옆 쓰레기통에 쑤셔넣었다.

영준은 터미널을 돌았다. 몇 달 동안 자기를 괴롭혀온, 찌르는 듯한 시선이 이제 느껴지지 않았다. 어젯밤 목욕을 했을 때보다도 깨끗해진 기분이 들었다.

터미널 벽에 신발을 박스로 쌓아두고 파는 잡상인이 보였다. 영준은 상인이 "어서오세요" 하고 던지듯 건네는 인사말에 작은 충격을 받았다. 편해 보이는 운동화를 한 켤레 사고, 옷을 담았던 종이봉투에 신던 신발을 넣어 제일 가까운 쓰레기통에 버렸다.

다음은 이발소에 들어갔다. 여기서도 인사말이 들렸다. 이발소 안에는 두 명이 앉아 있었지만 아무도 영준을 쳐다보지 않았다. 이발사가 영준을 자리로 안

내했다.

앉아서 거울을 보았다. 입에서 흘러나오던 그것은 보이지 않는다. 이발사가 손님 하나의 머리를 다 잘랐는지, 다가와서 말했다.

"어이구, 엄청 기르셨네. 어떻게 잘라드릴까요?"

그 말을 듣자 가슴 깊은 곳에서부터 뭔가가 확 올라왔다. 눈물이 차올랐다. 어깨가 떨렸다. 이발사가 당황하는 것이 보였다. 영준은 울먹이지 않으려고 애쓰며 말했다.

"그냥… 깔끔하게 잘라주세요."

이발사는 더 말하지 않고 빗으로 머리를 정리하더니 가위질을 시작했다.

"새로 취직하셨어요?"

이발사가 지나가듯 물었다.

"아니요."

짧게 대답했다. 이발사는 더 말을 걸지 않고 묵묵히 머리를 잘랐다. 머리카락이 뭉텅이로 잘려나가 비닐 덧옷에 떨어져 바닥으로 흘러내렸다.

"다 됐습니다."

✳

이발사가 손거울을 가져와 뒤통수를 비춰주었다. 영준은 역에서 지내기 전을 떠올렸다. 이발사가 싱크대를 손으로 가리켰다.

영준은 싱크대에 고개를 숙이고 앉았다. 이발사의 손이 두피를 주물렀다. 샴푸 냄새가 향긋했다. 따뜻한 물이 얼굴에 흘러내렸다. 영준은 울음을 더 이상 참지 못했다. 눈치를 못 챘는지, 못 챈 척하는 건지, 이발사의 손은 아무 동요 없이 영준의 머리를 어루만졌다.

드라이어 소리가 요란하게 울렸다. 머리를 말리고 일어났다.

"구천 원입니다."

계산을 하고 잔돈을 받으면서 영준은 거울을 한 번 다시 들여다보고 머리 옆을 쓰다듬었다. 짧게 깎은 머리의 상쾌한 감촉이 손끝에 느껴졌다.

"수고하셨습니다."

이발사가 웃으며 말했다.

"또 오세요."

영준은 이발소를 나오며 마지막으로 거울을 보았

다. 어깨를 펴보았다. 성큼성큼 걸어 터미널을 가로지르는 사이, 다른 사람이 된 듯한 어색함도 엷어져 갔다. 유리 회전문을 지나자 기분 좋은 찬 공기가 얼굴을 어루만지며 빳빳한 새 옷의 솔기로 스며들었다.

성박물산 건물 1층 카페까지 가는 동안 영준은 자기가 행인들을 하나하나 쳐다보고 있다는 것을 깨달았다. 길 가는 사람들이 자기를 쳐다볼 이유는 이제 없다. 그것을 확인하고 싶은 마음인지도 모르겠다고 영준은 생각했다.

카페에 들어가 계산대 앞에 섰다. 젊어 보이는 여자 점원이 생글생글 웃으며 인사를 했다. 톨 사이즈 아메리카노를 시키고 동그란 진동벨을 받아 창가 빈자리에 앉았다. 외투를 벗어 반대편 의자에 놓았다.

건물 주차장에서 차가 나오면 이 창문 앞을 지날 수밖에 없다. 사람이 많은 가게도 아니니 좀 오래 앉아 있어도 뭐라 하지는 않을 것이라고 생각했다.

탁자에 올려놓은 진동벨이 울렸다. 머그잔에 담긴 커피가 쟁반에 받쳐져 계산대 옆에 올라와 있는 것이 보였다. 커피를 가지러 가는 그 짧은 시간 동안도, 영준은 지나가는 차를 놓칠세라 창문을 연신 뒤돌아보았다.

쟁반을 들고 자리에 돌아왔다. 영준은 뜨거운 커피를 아껴서 홀짝거리며 창밖을 내다보았다.

시간이 흘렀다. 사람이 들어오고 사람이 나갔다. 문이 열리고 닫힐 때마다 위쪽에 붙은 작은 종이 울렸다. 한산하던 길에 차가 늘어갔다. 길 저쪽 버스 정류장에 사람이 쌓여갔다. 문제의 자동차는 여태껏 보이지 않는다.

카페 안도, 두 잔째 커피도 따뜻했다. 커피를 마셨는데도 기분 좋은 졸음이 찾아왔다. 눈이 감겼다가 떠지기를 반복했다. 눈을 감을 때마다 영준의 눈앞에 별이 가득한 하늘이 펼쳐졌다. 무언가가 노래 같은 소리를 내며 다가왔다. 영준은 손을 뻗었다.

길에서 들려오는 날카로운 경적 소리에 정신이 퍼뜩 들었다. 어느새 길에는 차가 가득했다. 이 건물 지하 주차장에서 대로로 나오는 길목을 지나지 못하고 기다리는 차가 보였다. 은색 중형차다. 영준은 홀린 듯 일어났다. 외투를 챙기는 사이, 신호가 바뀌고 길에 늘어섰던 차들이 움직이기 시작했다. 영준은 외투를 걸치지도 못하고 손에 든 채로 카페 밖으로 뛰어나갔다. 문에 달린 종이 크게 울렸다.

영준이 지하 주차장 입구에 다가갔을 때 은색 중형차는 이미 움직이고 있었다. 영준은 거리를 채운 사람들을 어깨로 밀치며 달렸다. 익숙하게 따가운 시선들이 화살처럼 쏘아져 오는 것을 다시 느꼈지만 신경쓰지 않고 있는 힘을 다해 뛰었다. 번호판을 확인해야 한다는 것 말고는 아무 생각도 들지 않았다.

신호가 빨간불로 바뀌었다. 거대한 지네처럼 꾸물거리던 차의 행렬이 다시 멈췄다. 영준은 은색 차를 따라잡았다. 옆 창문을 두 손으로 짚고 안을 들여다보았다. 운전자가 화들짝 놀라며 반대 방향으로 피하듯 몸을 기울였다. 금테 안경의 삼십 대 남자가 아니다. 정장 차림의 젊은 여자다. 영준은 급히 차창에서 손을 떼고 번호판을 확인했다. 번호가 달랐다. 영준은 겁에 질린 운전자에게 연거푸 허리를 숙였다. 옆 창문이 윙, 하는 소리를 내며 내려왔다.

"아저씨, 대체 뭐예요?"

✳

"죄송합니다. 아는 사람인 줄⋯."

운전자가 뭐라고 중얼거리며 창문을 닫았다. 영준은 맥이 풀려서 다시 카페로 걸음을 옮겼다.

전화를 받는 남자 목소리가 들린 것은 영준이 택시 승강장 앞을 지날 때였다.

"안녕하세요. 성박물산 전동섭입니다."

등줄기가 싸늘해졌다.

"죽지 마라, 죽지 마라⋯. 왜 하필 노숙자가 거기서 튀어나와⋯. 재수가 없으려니까⋯."

꿈속에서 범인이 강 선생을 차에 싣고 가며 중얼거렸을 때와 같은 목소리였다. 영준은 고개를 홱 돌렸다. 금테 안경을 쓴 둥근 얼굴의 사내가 스마트폰을 귀에 대고 있었다.

"어이구, 실장님. 네, 지금 출발했습니다. 근데 제 차가 지금 정비소에 들어가 있어서요. 네, 네, 택시로 가느라 시간이 조금 걸릴 것 같습니다. 이십 분만 기다려주세요."

금테 안경은 전화를 받으면서도 영준의 시선을 느꼈는지 이쪽을 쳐다보았다. 영준은 눈길을 급히 다른

✳

데로 흘리고 계속 걸어나갔다.

강 선생을 죽인 범인과 눈을 마주친 것이다. 식은
땀이 흐르고 가슴이 뛰었다.

영준은 모텔방에 돌아와 침대에 걸터앉았다. 가슴
이 아직도 터질 것 같았다. 범인의 얼굴을 확인했지
만, 일말의 성취감은 공포와 불안의 검은 물 위에 떨
어진 깃털처럼 가라앉아갔다.

알 수 없는 것을 알고 있다는 것부터가 두려웠다.
눈 뒤에서 흐느적거리다 스며 나오는 색깔들이 두려
웠다. 머리의 열이 두려웠다. 그러면서도 정신이 멀
쩡한 것이 두려웠다. 아니, 정신이 멀쩡하기는 한 것
인지 알 수 없어 두려웠다. 범인을 알게 된 지금, 영
준은 무엇을 해야 할지 알 수 없었다.

불을 끄면 별이 가득한 밤하늘이 다시 찾아올 것
같았다. 그 달콤한 불협화음이 다시 들릴 것 같았다.
그 따뜻함 속에서 다시는 빠져나오지 못할 것 같았
다. 영준은 이불 위에서 옷도 벗지 않고 한참을 뒤척
이다가 동이 트기 좀 전에야 비로소 잠들었다.

✶

아침 늦게야 잠에서 깼다. 출근 인파의 구둣발 소리가 들리지 않는 것이 아직도 생소하게 느껴졌다. 창밖을 내다보았다. 저 아래에서 희고 파란 경찰차가 마침 성박물산 빌딩 앞을 지나갔다. 영준은 이틀 전 경찰서에서 있었던 일을 다시 떠올렸다. 송 형사는 변호인 접견실에서 무슨 일이 있었는지 알고 있을까 궁금했다. 어쩌면 정신을 차리고 영준을 찾아 동산역 주변을 뒤지는 중인지도 모른다. 어쩌면 주소도 연락처도 없는 신기루 목격자 따위야 종적을 감춘 쪽이 다행이라고 생각하는지도 모른다.

점심시간이 반쯤 지났을 무렵, 영준은 모텔방의 전화기를 집어 들고 인터넷에서 찾아낸 성박물산의 번호로 전화를 걸었다. 연결음이 들리는 사이, 심호흡을 했다. 기운 없는 여자 목소리가 반대편에서 인사를 했다.

"감사합니다. 성박물산입니다."

영준은 미리 속으로 연습해둔 말을 했다.

"안녕하세요. 영화기획 김철수인데요. 영업부 전동섭 부장님 계십니까?"

✳

혹시 부장이 아닐까 봐 직함을 얼버무렸다.

"전동섭 팀장님이요?"

"아, 네. 전동섭 팀장님."

"점심식사 나가셨는데요. 한 시 반쯤 다시 전화해 주시겠어요?"

"그게, 지금 현장에 급한 일이 생겨서 말씀을 드려 야 하는데, 제가 휴대폰을 놓고 오는 바람에 팀장님 번호를 모르겠어서…."

"잠시만요."

영준은 직원이 불러주는 번호를 받아 적고 되풀이 해서 확인했다. 성박물산 직원이 물었다.

"어느 회사의 어느 분이라고 하셨죠?"

"감사합니다."

영준은 수화기를 급히 내려놓고 마치 뱀이라도 보 듯 바라보았다.

영준은 이 번호로 밤중에 전동섭을 불러낼 생각이 었다. 조용한 곳으로 불러내 다그쳐서, 뉘우치고 자 수하라고 권하는 상상을 했다. 물론 말을 들을 리가 없다. 아마도 돈을 주고 회유하려 할 것이다. 그리고 보니 경찰서의 송 형사가 그런 추측을 했었다….

영준은 화장실에 들어가 세면대 위의 거울을 마주 보았다. 역에서 아침에 출근하고 저녁에 퇴근하는 평범한 사람과 하나 다를 것 없는 말쑥한 얼굴이 아직도 완전히 익숙하지 않았다. 거울을 바라보며 영준은 머릿속 열기에 집중했다. 거울 안에 있는 자신을 전동섭이라고 상상했다. 강 선생을 친 것으로도 모자라 도랑에 갖다 버린 자다. 마음속에 역겨움과 증오가 차올랐지만 영준은 기억 아닌 기억, 꿈속의 광경을 더듬었다.

영준은 강 선생이 죽지 않기만을 빌며 병원을 향해 차를 몰던 전동섭을 떠올렸다. 강 선생을 도랑에 내다 버리고도 그 위를 마른풀로 덮으며 실오라기 같은 동정을 느낀 전동섭을 떠올렸다. 용서할 수는 없어도 슬퍼할 수는 있다.

머리가 더 뜨거워졌다. 입을 벌렸다. 경찰서에서 보았던 수많은 색깔들이 거울 속 영준의 입안에서 다시 일렁였다.

영준은 전동섭을 만났을 때 할 말을 나지막하게 속

✳

삭였다.

"이제 그만 자수해주세요."

검지 않은 어둠, 밝지 않은 빛이 영준의 귀와 코와 입에서 흘러나와 모텔 화장실에 그리운 풍경화처럼 펼쳐졌다. 영준은 그 색깔들이 사그라들 때까지 한참 동안 거울을 바라보았다.

중국집에서 짬뽕과 군만두를 시켜 늦은 점심을 먹었다. 그릇을 밖에 내놓고 TV를 틀자 오후가 별일 없이 금세 지나갔다.

영준은 여섯 시 뉴스가 시작되는 것을 보고 모텔 방을 나섰다. 퇴근 인파가 채운 거리의 한 모퉁이에 빈방처럼 서 있는 공중전화 박스에 들어갔다. 동전을 꺼내 넣고 전동섭에게 전화를 걸었다. 벨이 네 차례 울린 다음에야 전동섭의 목소리가 들렸다.

"여보세요?"

모르는 번호라서 그런지, 낮에 모르는 사람이 전화 번호를 받아갔다는 얘기를 들어서 그런지, 말투에 의심이 서려 있었다. 영준은 답을 하지 않고 심호흡을 했다. 전동섭이 다그쳤다.

✳

"여보세요. 누구세요?"

"전동섭 팀장님 되시죠?"

"네, 그런데요. 어디시죠?"

"일, 일요…"

긴장해서 말을 더듬었다. 영준은 뛰는 가슴을 진정시키며 다시 말했다.

"일요일 밤에 사람 쳤죠?"

아무 답도 돌아오지 않았다. 영준은 전동섭의 심장이 자기보다 더 세게 뛰고 있을 것이라 짐작했다. 한번 더 다그쳤다.

"쳤지요?"

"…야, 너 누구야!"

"오늘 밤 열한 시에 그 자리로 나오세요."

수화기를 내려놓았다. 전화가 끊어지기 직전 전동섭이 뭐라고 소리치는 것이 어렴풋이 들렸다. 숨이 가빴다. 공중전화 박스 창문에 비친 자기 얼굴을 보았다. 새빨갛게 달아올라 있다. 영준은 호흡을 고르고 밖으로 나왔다. 행인 몇 명이 신기하다는 표정으로 잠깐 쳐다보고는 고개를 돌렸다.

*

열한 시까지는 아직 한참이 남았다. 동산강 강변 공원까지는 차를 타고 가는 것이 적절한 거리일 터이다. 이제는 누구의 눈총도 받지 않고 버스를 탈 수 있지만, 영준은 가쁜 숨을 좀 고르고 싶어 터벅터벅 걷기 시작했다.

시외버스 터미널을 지나자 길이 조금 한적해졌다. 가로등이 띄엄띄엄 있고 건물이 낮아 거리는 어두웠다. 영준은 하늘을 올려다보았다. 별이 하나도 보이지 않고 어둠 속으로 구름의 윤곽이 희미하게 보였다. 또 눈이 왔으면 좋겠다고 생각하며 계속 걸었다.

일요일에 강 선생과 같이 왔던 급식소 앞을 지났다. 영준은 강 선생이 은광사 패거리와 함께 들어갔던 골목 입구를 쳐다보다가 들어갔다. 비좁고 컴컴한 마당의 콘크리트 바닥에 섰다. 전동섭이 흉기라도 가지고 오면 자기는 강 선생처럼 할 수 있을지 궁금했다.

어쩌면 자기도 강 선생처럼 될지 모른다는 생각에, 영준은 콘크리트 바닥을 쳐다보고 한숨을 쉬었다.

골목을 나와 가던 길을 다시 밟았다. 다리를 건너

✳

며 공원을 내려다보았다. 사람은 아무도 없고 시간은 아직 많이 남았다. 영준은 공원으로 통하는 다리 옆 계단을 지나쳐 중동나눔교회를 향해 걸었다.

교회는 전에 봤을 때와 달리 간판 불이 꺼져 있었다. 영준은 철문을 열고 들어가 현관 초인종을 눌렀다. 찬송가 벨소리에 섞여 터덜거리는 발소리가 안에서 들리더니 곧 문이 열렸다. 며칠 전 아침에 보았던 지훈이라는 청년이 문을 열고서 영준을 멀거니 쳐다보았다.

"목사님 계신가요?"

지훈은 고개를 갸우뚱하며 영준을 쳐다보다가 외쳤다.

"아! 그때 노수… 그때 오전에 오셨다가 뛰쳐나간 분! 못 알아볼 뻔했네."

영준은 웃어 보였다. 청년이 말했다.

"목사님이 걱정 많이 하시더라고요."

영준은 목사의 눈이 별빛 가득한 밤하늘로, 입이 바닥없는 심연으로 보이던 것을 떠올렸다. 미안한 마음이 솟았다.

✳

"목사님한테 드릴 말씀이 있어서 왔는데…."

지훈이 미안한 어조로 말했다.

"방금 전에 나가셨어요. 오늘은 심야기도도 취소하셔서 안 오실 것 같은데."

지훈은 그렇게 말하면서 영준을 위아래로 계속 훑어보았다. 새 옷을 입고 머리를 깎은 것이 신기한 듯했다. 하는 수 없이 알겠다고 인사를 하고 뒤돌아섰다.

"전할 말씀이라도 있으세요?"

그 말을 듣고 영준은 잠시 망설였다.

"강성태 선생님 관련해선데요, 전동섭, 23바0827이라고 전해주세요."

지훈이 어리둥절한 표정으로 영준을 쳐다보고 다시 물었다. 강성태, 전동섭, 23바0827을 한 자씩 또박또박 다시 말했다. 지훈은 영준에게 이름과 차 번호를 되풀이해서 확인한 뒤, 반복해서 중얼거리며 교회 안으로 들어갔다.

목사가 강 선생과 정말로 가까운 사이라면 무슨 뜻인지 곧 알 수 있을 것이다. 경찰도 동산역 노숙자보다는 번듯한 교회 목사를 더 진지하게 여길 것이라고, 영준은 생각했다.

교회를 등지고 강변을 향해 되돌아가는 도중 작고 호젓한 카페에 들어갔다. 컴컴한 골목 안에서 유일하게 빛이 새어 나오는 가게였다. 손님이 하나 보였다. 학생 같은 차림에 노트북 컴퓨터로 영화인지 드라마인지를 보고 있다.

영준은 계산대에서 주문을 하고 창가에 앉으려다가 누가 지나가다가 자기를 알아볼 것 같은 근거 없는 기분이 들어 구석에 자리를 잡았다. 그 무렵 직장인 커플 같은 두 명이 따라 들어왔다. 둘은 마주보고 앉아 아무 말도 나누지 않고 각자 스마트폰을 꺼내 들여다보았다. 깨끗한 앞치마를 두른 직원이 커피와 샌드위치를 가지고 왔다.

스마트폰도 노트북도 없이 가만히 앉아서 샌드위치를 먹고 커피를 마시며 그저 기다리려니 두어 시간 뒤에 일어날 일을 상상하지 않을 수 없었다. 전동섭이 차로 자기를 들이받을 수도 있다. 야구방망이나 장도리로 후려칠 수도 있다.

✳

커피잔을 든 손이 떨렸다. 영준은 자기가 겁에 질려 있다는 것을 깨달았다. 진정하려고 심호흡을 해보았지만 두근거림이 가시지 않았다. 영준은 전동섭을 바람맞히고 모텔로 돌아가는 상상도 해보았지만, 그것은 장도리에 맞아 죽는 것보다도 오히려 현실감이 느껴지지 않았다.

노트북으로 영화를 보던 학생이 자리에서 일어나 밖으로 나갔다. 나머지 둘은 여태 스마트폰을 쳐다보고 있고, 가게의 시계는 열 시 삼십 분을 가리켰다. 영준은 학생이 모퉁이를 돌아 시야에서 벗어나자 자리에서 일어났다.

카페에서 공원까지는 금방이었다. 강변에 불어오는 마른 바람에서 먼지 냄새가 났다. 구름은 어느새 걷혀 하늘에 별들이 보였다. 영준은 가로등과 헤드라이트 불빛이 닿지 않는 자리를 찾아 셔터가 내려진 매점의 그늘로 갔다. 그리고 낡은 삼발이 의자에 앉아 전동섭이 도착하기를 기다렸다.

꿈속에서 두 차례 보았을 뿐이지만, 전동섭의 차는

비슷하게 생긴 것들을 늘어놓고 고르라고 해도 맞출 자신이 있었다. 금테 안경을 쓴 둥근 얼굴도, 아무 일 없다는 듯이 거래처와 통화를 하던 그 목소리도, 다시 만났을 때 알아보지 못할 수 없을 정도로 뚜렷하게 기억하고 있었다.

길 아래에서 헤드라이트가 비쳐왔다. 영준은 의자에서 일어나 매점 가건물 뒤로 몸을 숨겼다. 시계탑을 올려다보았다. 열한 시 오 분이다. 은색 차가 가로등 옆에 멈췄다. 영준은 바로 나서지 않고 기다렸다. 안경을 쓴 남자가 차에서 내려 주변을 두리번거렸다. 전동섭이다. 품에는 서류 봉투 같은 것을 안고 있었다. 차 안에 다른 사람이 없는 것을 확인하고, 영준은 침을 꿀꺽 삼킨 뒤 걸어나갔다. 인기척을 느꼈는지 전동섭이 이쪽을 홱 쳐다보았다.

영준은 무표정을 유지하려고 애쓰며 다가갔다.

"전동섭 씨 맞죠?"

영준은 전동섭의 눈이 자기를 훑는 것을 느꼈다. 며칠 전만 해도 길거리의 모든 사람이 자기를 쳐다보던 그 시선이다. 다시 물었다.

"이 자리에서 강성태 씨를 차로 친 거 맞죠?"

침묵하다가 전동섭이 이윽고 입을 열었다. 비웃음 비슷한 것과 두려움이 섞인 표정이다.

"아니, 내가 사람을 쳤다는 증거가 있어요?"

"차로 치고 병원까지 갔다가 죽을 것 같으니까 밭 도랑에 갖다 버렸죠?"

영준은 그 말을 하면서 차분하려고 애썼다. 전동섭이 뒤로 한 걸음 물러서면서 입술을 핥았다.

"따라오면서 본 거야?"

동요가 손에 잡힐 듯했다. 영준은 대답하지 않고 전동섭을 응시했다. 거울을 보고 연습한 것처럼 머릿속의 열을 다시 일으켰다. 전동섭이 물었다.

"얼마면 돼요?"

전동섭이 품고 있던 봉투를 들썩였다. 돈이 들어 있는 모양이다. 눈길을 느꼈는지 전동섭이 봉투 입구를 이쪽으로 하고 열었다. 오만 원짜리가 잔뜩 들어 있다. 자동화 기계에서 뽑아 왔는지 전부 낱장이다. 전동섭이 다시 말했다.

"오백만 원으로 어떻게 안 되겠어요?"

영준은 안주머니에 든 돈 봉투를 떠올렸다. 그 돈
이 없었으면 이 제안에 약간의 관심이라도 갔을지 궁
금했다.

"사람을 친 것도 모자라서 실어다 버려놓고 오백만
원…?"

"은행 문이 닫혀서 이거밖에 없어요. 시간을 조금
만 더 주면…."

"얼마를 가져와도 안 돼!"

영준은 소리를 쳤다. 마치 열병이라도 걸린 것처럼
뜨겁게, 머리에서 스며 나오는 것들이 느껴졌다. 전
동섭이 뒤로 물러났다. 영준은 쫓아 다가가서 두 손
으로 전동섭의 양어깨를 잡았다.

"이거 왜 이래! 말로…."

두려움이 전해져 왔다.

"당신… 눈…"

전동섭의 얼굴이 귀신이라도 본 것처럼 일그러졌
다. 영준은 입을 열고 말했다.

"자수하세요."

경찰서에서 형사를 상대할 때와는 사뭇 달랐다. 그

✳

때 느껴진 친밀감이 없었다. 오랫동안 아는 사이였던 것 같은 그 기분이 들지 않았다. 순간 벽을 들이받은 것 같은 반발감이 느껴졌다. 영준은 전동섭을 놓고 비틀거리며 물러났다. 전동섭의 표정은 전혀 누그러지지 않았다. 오히려 아까는 보이지 않던 분노가 갑자기 표정에 드러났다.

"너 이 새끼, 뭐하는 짓이야!"

전동섭이 가슴을 확 밀쳤다. 영준은 균형을 잡지 못하고 쓰러졌다. 전동섭이 양복 재킷 주머니를 더듬더니 손에 뭔가를 쥐었다. 삑, 하는 소리와 함께 자동차 트렁크가 열렸다. 영준이 정신을 차리고 일어났을 때는 전동섭이 이미 타이어 렌치를 틀어쥐고서 걸어오고 있었다.

영준은 다시 마음속으로 애타게 부탁했다. 이리 오지 말라고, 진정하라고, 때리지 말라고. 그러나 그때마다 벽에 부딪힌 것 같은 충격이 머릿속에 울릴 뿐이었다. 타이어 렌치가 영준의 왼팔을 후려쳤다. 영준은 비명을 지르고 다시 쓰러져 머리를 감쌌다. 전동섭이 렌치를 계속 휘둘러댔다. 영준은 일어날 기회를 찾지 못하고 맞았다.

몇 대를 맞았는지, 더 이상 머리를 보호할 기력도 없을 무렵 렌치가 멈췄다. 영준은 위를 올려다보았다. 공포에 질린 표정을 한 전동섭이 바로 턱을 걷어찼다. 영준은 그 충격에 옆으로 굴렀다. 이제는 제대로 된 비명도 지르기가 어려웠다. 전동섭이 타이어 렌치를 치켜들고 다가왔다.

그때 또 다른 헤드라이트 불빛이 다가왔다. 전동섭은 더 이상 때리지 않고, 불빛이 닿지 않는 위치로 자리를 옮겼다. 검은색 밴은 아랑곳 않고 두 사람 옆에 멈춰 섰다. 전동섭이 몸을 틀어 차로 달려가려 했다. 영준은 없는 힘을 쥐어짜서 바지 자락을 붙잡았다. 발을 맹렬하게 떨치려 했지만 놓지 않았다. 타이어 렌치가 손목을 다시 후려쳤지만 놓지 않았다.

검은 밴에서 두 사람이 내렸다. 양복을 입은 남자는 어디서 본 기억이 있다. 다른 하나는 롱패딩을 입은 젊은 여자다. 전동섭이 영준의 손아귀에서 벗어나려고 안간힘을 쓰면서, 자기에게 다가오는 두 사람에게 렌치로 삿대질을 하며 미친듯이 소리쳤다.

✳

"당신들 뭐야! 내가 누군지 알아! 당신들 뭐야!"

그때 영준은 이름을 들었다. 사람의 말이 아닌, 그 아름다운 불협화음이다. 그 한마디 이름과 함께 주변이 어두워졌다. 가로등도, 헤드라이트도, 거리의 빛을 받아 희미하게 반짝이던 강물도, 모두 사라졌다. 대신 사방이 별로 가득찼다. 머릿속에서 무언가가 소리를 지르는 것 같은 지독한 두통이 번개처럼 지나갔다.

추위가 사라지고 사방이 따뜻해졌다. 색깔 아닌 색깔의 별들로 가득 찬 밝은 어둠 속에서 영준은 겁에 질려 움직이지 못하는 전동섭을 보았다. 아름다운 불협화음이 흐르는 이 어둠 속에서는 전동섭의 공포 어린 신음이 오히려 조화롭지 못하게 들렸다. 손에서 떨어뜨린 타이어 렌치가 풀 바닥에 부딪히는 둔한 소리조차도 유리가 깨지는 것 같은 소음으로 느껴졌다.

별들이 천천히 다가와 전동섭을 그리고 영준을 감쌌다.

정신이 들고 영준은 자기가 묶여 있다는 것을 알았

다. 천이 덮인 의자다. 손을 움직이려 하자 플라스틱 끈 같은 감촉이 손목을 확 파고들었다. 손가락을 꼼지락거리자 의자의 팔걸이가 만져졌다. 두 발목도 서로 묶여 있었다. 소리를 쳤다.

"여보세요! 누구 없어요?!"

오른쪽에서 열차가 굉음을 내고 지나갔다. 열차의 빛이 몇 초 동안 커튼을 밝히며 실내에 빛을 비추었다. 여기는 열차 안이다. 유행이 지나간 스타일의 색바랜 광고판이 보였다. 폐객차일 것이라고 짐작했다. 영준은 안간힘을 써서 오른쪽으로 몸을 틀어, 창문에 드리워진 커튼 틈새로 밖을 보았다. 익숙한 풍경이 익숙하지 않은 각도에서 보였다. 여기는 영준이 머무르는 동산역 2층 창밖으로 보이는 널찍한 조차장이다. 소리를 아무리 질러도 들어줄 사람은 없다.

열차의 잔향이 지나가자 왼쪽 복도 건너에서 흐느끼는 소리가 들렸다. 사람 형상을 한 그림자가 고개를 숙이고 울고 있었다.

"여보세요! 거기 누구세요?"

흐느끼는 소리가 멈추고, 그림자가 고개를 들어 주

변을 두리번거리고 울먹이는 소리로 말했다.

"살려주세요. 잘못했어요⋯."

전동섭의 목소리를 듣자 영준은 아까 두들겨 맞은 옆구리와 턱이 쑤셔왔다. 대꾸를 하지 않았다.

앞쪽에서 드르륵, 하는 소리가 들리더니 좁은 복도를 따라 네 사람이 손전등을 비추며 들어왔다. 제일 앞에 선 것은 중동나눔교회 목사였다. 영준은 그제야 검은 밴에서 내린 남자가 목사였음을 깨달았다. 그 바로 뒤에 선 것은 목사와 같이 차를 타고 왔던 여자였다. 목사가 영준을 보고 웃으며 말했다.

"김영준 형제, 아까 교회 들렀다면서. 내가 조금만 늦게 나갔으면 훨씬 편하게 만났을 텐데."

영준은 상황에 전혀 어울리지 않는 표정과 따뜻한 말에 뭐라 대답해야 할지 몰랐다. 목사가 계속 말했다.

"지금 뭐가 뭔지 모를 거라서 진정하라고 묶어놓은 거니까 편하게 있어요. 조금 있다가 풀어줄 테니까."

영준은 그 말을 들을 정도로 느긋한 기분이 아니었다.

＊

"뭐가 뭔지 그냥 얘기를 해주시면 어때요?"

"천천히, 천천히. 일단 여기 이것부터 처리하고."

전동섭이 낑낑거리는 소리를 섞어가며 아까 한 말을 되풀이했다.

"살려주세요…."

목사가 대답하지 않자 전동섭이 말을 계속했다.

"제가 잘못했어요. 당장 가서 자수할게요…."

영준은 한심하도록 불쌍한 목소리를 참고 들을 수 없었다.

"자수하겠다잖아요! 보내줘요!"

목사가 눈을 둥그렇게 뜨고 말했다.

"이게 형제를 때리지 않았어? 쇠막대기로 막 이렇게."

뒤에 서서 가만히 있던 여자가 말했다.

"김 씨가 원래 이래요. 사람이 '돼' 있어. 내가 그래서 골랐지."

목사가 고개를 끄덕였다. 영준은 여자와 눈을 마주쳤다. 처음 보는 사람이다…. 아니다. 영준은 여자의 얼굴에 비친 생글거리는 웃음을 보고서야 알아챘다.

성박물산 1층 그 카페의 점원이다. 그뿐만이 아니다. 영준이 좀 전에 시간을 죽이던 카페에서 스마트폰을 쳐다보고 있던 두 사람 중 하나이기도 했다.

여자가 영준을 보고 목사만큼 따뜻한 어조로 말했다.

"김 씨. 나야, 나. 강성태야. 이제는 아니지만."

영준은 무슨 말인지 어리둥절했지만, 곧 이해했다. 여자의 입에서 말로 할 수 없는 그 색깔들이 흘러나왔다. 영준이 거울에서 본 것보다 더 어둡고도 더 찬란한, 빛 아닌 빛이었다. 영준은 이마가 뜨거워지는 것을 느꼈다.

영준에게서도 같은 것이 흘러나왔다. 여자의 얼굴에서 흐르는 빛나는 어둠이 영준에게로 펼쳐졌다. 두 사람의 색깔들이 서로 얽혔을 때 영준의 마음속에 꿈의 조각들이 쏟아져 들어왔다.

영준은 알았다. 강 선생은 영준을 몇 달 동안 관찰한 뒤 그를 선택했고, 영준이 잠든 사이 자기의 '형제'를 영준에게 심었다. 토요일 밤, 취객들에게 맞고 잠들었을 때였다. 영준의 머릿속에는 이제 정체 모를

✳

생명체가 깃들어 있었다. 그 어둠 아닌 어둠과 소리 아닌 소리에 느끼는 간절한 그리움도, 영준 자신의 것이 아니라 그 생명체의 것이었다. 이 지구에서 살아가기 위해 인간의 몸을 필요로 하는….

여자의 어둠이 거두어졌다. 영준도 물러났다. 머리의 열이 서서히 가셨다.

"걱정하지 마. 시간이 조금만 지나도 둘이 구별이 안 돼. 나머지는 천천히 가르쳐줄게. 한꺼번에 너무 많이 알아도 안 좋아요."

여자가 그렇게 말하고 영준의 어깨를 토닥였다. 지금까지 잠자코 있던 덩치 큰 남자가 턱짓으로 전동섭을 가리켰다.

"저건 상태가 어때요?"

목사가 혀를 차고 대답했다.

"공감 능력이 생쥐 수준이라 아예 연결이 안 돼. 벽에 부딪히는 것 같더라고. 깨부숴야 돼."

영준은 그게 무슨 뜻인지 몰랐지만 전동섭은 본능적으로 느낀 모양이었다. 덩치 큰 남자가 목사를 제치고 앞으로 나오자 비명을 지르며 몸부림을 쳐댔다.

✱

남자의 입에서 흘러나온 색깔이 전동섭을 터지듯이 덮쳤다. 전동섭이 더 크게 비명을 질렀다. 영준은 얼굴을 찡그리고 눈을 감았다. 비명은 애처로운 흐느낌으로 변하더니 그마저도 곧 그쳤다.

영준은 눈을 떴다. 목사가 영준을 쳐다보다가 손전등을 전동섭에게 비췄다. 전동섭은 눈물범벅이 되어서 앞을 바라보고 있었다. 거친 숨소리가 들렸다. 영준이 물었다.

"뭘 한 거예요?"

덩치 큰 남자가 말했다.

"별거 아니에요. 앞으로 또 그런 못된 짓을 못 하게 만든 것뿐이니까."

그러더니 주머니에서 가위를 꺼내 전동섭의 손발을 묶은 케이블 타이를 조심스럽게 잘랐다.

"자, 이제 집에 가야지."

덩치 큰 남자가 전동섭을 부축해 일으켰다. 전동섭은 아무 저항도 없이 평온하게 자리에서 일어나, 남자와 함께 객차 밖으로 나갔다. 손전등 불빛에 전동섭의 입술 가장자리에서 흐르는 침이 비췄다. 목사가 전동섭의 등을 쳐다보다가 여자에게 물었다.

"둘이서 얘기할 테야? 아니면 같이 교회에 갈까요?"

"먼저 들어가요. 이 친구한테 설명도 좀 더 잘 해줘야지. 원래는 일요일 밤에 하려구 그랬는데 아까 그거 때문에 공연히 고생했네."

목사가 고개를 끄덕이고 여자에게 가위를 건네며 영준을 보고 말했다.

"김영준 형제, 이제 아무 걱정하지 말아요. 다 된 거니까."

영준은 어떻게 대답해야 할지 몰랐다. 그러나 마음속 깊은 곳에서는 이미 이 사람들이 이제 가족이고 친구라는 것을 알고 있었다.

여자가 옆자리에 앉아 영준의 손목을 묶은 케이블 타이를 하나씩 잘라 나갔다. 여자의 머리에서 다시 흘러나오는 어둠이 후광과 같았다. 영준은 머리가 다시 뜨거워지는 것을 느꼈다.

영준은 시내 모텔에서 며칠을 더 머물렀다. 강 선

생, 아니 '조수연'과는 다른 카페에서 만나 테이블을 사이에 두고 앉았다. 다른 사람이 보았다면 수연은 스마트폰을 쳐다보고 영준은 책을 읽는 줄 알았겠지만, 사실 둘은 보이지 않는 어둠으로 대화를 하고 있었다.

영준은 많은 것을 배웠다. 생각해보면 너무나 이상하고 무서운 이야기들이지만, 머릿속에 자리 잡은 형제 덕분인지 모든 것이 담담하게 받아들여졌다. 영준은 성산시, 한국, 지구, 우주에 관해 전에 알지 못했던 것들을 빠른 속도로 배워 나갔다.

토요일 밤 꿈결에 보았던 빛나는 눈의 형체도, 피씨방에서 잠들었을 때 본 윤곽도, 처음에는 강 선생이었을 것이라 생각했다. 그러나 수연과 이야기를 하고서야 영준은 그것이 사실은 자기였음을 알았다. 머릿속의 형제였다고 해야 할까? 수연이 폐객차에서 말한 대로 이제는 그 둘을 구별하기가 어려웠다. 여하튼 빛 아닌 빛, 아름다운 불협화음은 먼 밤하늘이 아니라 영준의 안에 있었던 것이다.

노숙 생활을 하면서 제일 괴로운 것은 자리가 없

다는 기분이었다. 이제는 그렇지 않았다. 영준은 이
제 혼자 있을 때도 둘이다. 목사도 수연도 다른 형제
자매들도 자기와 이어져 있다. 끝없이 따뜻한 온기로
가득한 깊은 어둠 속에서, 형언할 수 없는 색깔들로.

영준은 그다음 일요일에 중동나눔교회를 찾아갔
다. 목사는 지난주에 강 선생에게 그랬듯 영준을 반
갑게 맞아주었다. 둘은 전에도 들어갔던 개인기도실
에서 길고 말없는 대화를 나누었다. 처음에는 목사
가 형제자매의 지도자라고 생각했지만, 자기들 사이
에 그런 것이 필요 없음을 영준은 금방 깨달았다. 형
제자매들은 꽉 막힌 짐승 같은 인간들 사이에서 그저
살아갈 뿐이다. 함께 살아줄 얼마 안 되는 사람들을
찾으며….

영준은 일요일 밤을 교회에서 묵고 아침 일찍 편의
점에 들러 담배를 몇 보루 사서 동산역에 돌아갔다.
새 옷을 입고 머리를 깎은 지 일주일도 되지 않았는
데, 출근 인파에 섞이는 것이 전혀 부자연스럽게 느
껴지지 않았다.

1층 에스컬레이터 옆, 최 선생이 지내는 자리로 갔

다. 방금 세수를 하고 온 듯 옷에 물기가 묻은 최 선생이 자리에 멍하니 앉아 있다가, 영준이 앞에 선 것을 눈치채고 뚫어지게 쳐다보았다. 그러더니 벌떡 일어나 다가왔다.

"아이구, 이게 누구야. 김 씨 아닌가!"

영준은 웃으며 최 선생에게 인사했다.

"안녕하세요."

"다들 걱정했어. 경찰에 잡혀가서 어떻게 되고 만 줄 알았어…. 어째, 오해는 풀렸어? 그래서 강 선생은 어떻게 된 거래?"

"저는 풀려났는데, 강 선생님은…."

영준은 고개를 저어 보였다. 최 선생이 혀를 찼다.

"그 좋은 사람이 대체 무슨 꼴을 당한 건지…. 그건 그렇고 신수가 훤해졌네. 우리 이웃이라고 그러면 아무도 안 믿겠어."

"오늘부터 도로 2층에서 지낼 거예요."

"강 선생 자리 아직 비어 있으니까 이제 1층에서 지내도 돼."

영준은 웃어 보이고, 비닐봉지에서 담배를 한 보루

꺼내 포장을 풀어 최 선생에게 세 갑을 내밀었다.

"강 선생님 생각이 나서 사왔어요."

최 선생이 두 손으로 담배를 받고 말했다.

"어이구, 고맙게 뭐 이런 걸 다…. 옷도 새로 사 입고 머리도 깨끗하게 깎았다 했더니, 어디 취직이라도 한 거야?"

"아뇨, 가족을 만나서…."

최 선생이 고개를 끄덕였다.

"그래, 같이는 못 살아도 가끔 이렇게 도와줄 식구가 있으면 좋지…. 여기 사람들한테는 그것도 드물잖어, 알다시피."

영준은 웃어 보였다. 순간 최 선생의 얼굴이 굳었다. 손에 받아든 담배 세 갑이 바닥에 떨어졌다.

"왜 그러세요?"

최 선생은 입을 벌렸지만 말을 하지 못하고 영준의 눈을 손가락으로 가리킬 뿐이었다. 겁을 잔뜩 먹은 표정이다. 흘러나오는 어둠이 보인 모양이었다. 머릿속 형제는 완전히 깨어난 후로 강해졌는데 영준은 그것을 감추는 데 아직 익숙지 않았다.

✳

그렇다고는 해도 민감한 사람 같으니! 영준은 입을 살짝 벌렸다. 색깔을 말할 수 없는 어두운 빛이 마치 담배 연기처럼 최 선생의 귀로, 입으로, 코로, 눈과 눈꺼풀의 틈새로 스며 들어갔다. 최 선생은 숨조차 내쉬지 못했다. 주름진 눈시울에 눈물이 고였다. 그러나 당장이라도 비명을 지를 것처럼 일그러졌던 표정은 오래지 않아 편안해졌다.

영준은 다시 웃어 보였다. 최 선생이 따라 웃더니 땅에 떨어진 담배를 주워 주머니에 챙겨 넣으며 말했다.

"거기 남은 담배는 이웃들한테 돌릴 거지? 강 선생처럼."

"네."

"무리하지 말어. 돈 없는 거 서로 다 아는데."

영준은 "네, 네" 하고 고개를 끄덕였다. 최 선생은 아직 눈에 눈물이 고인 채로 웃으며 영준에게 손을 흔들어 보이고 손에 든 담뱃갑의 비닐 포장을 풀며 출구를 향해 걸어갔다.

영준은 역사를 돌며 이웃들을 하나하나 만나 인사

를 하고 담배를 나누어주었다. 2층 자리에 두고 온 이불은 어느새 치워져 있었다. 옆자리 박 씨는 영준이 자기가 옆자리 김 씨라고 말해줄 때까지 영준을 알아보지 못했다. 영준이 나누어주는 담배를 받고 박 씨가 대답했다.

"김 씨, 그나저나 내가 이불 못 지켜줘서 어떡하지. 당장 오늘 뭐 덮고 잘 거야?"

영준은 대답했다.

"저는 이제 추울 일이 없어요."

이마가 따뜻해졌다. 영준은 박 씨가 형제자매와 함께 살 수 있는 사람인지 궁금해하며, 박 씨의 머리를 향해 입을 벌렸다.

*

작가의 말

✴

"러브크래프트는 20세기 사람이었지만 18세기 영국 보수당 같은 수구적 정치 견해를 갖고 있었습니다. 소설에서도 그랬지만 특히 서한들을 보면 러브크래프트가 당대에 만연한 인종차별을 그저 받아들였을 뿐만 아니라 거기에 한술을 더 떴다는 것이 드러납니다. 오늘날 러브크래프트의 크툴루 신화를 차용하고 확장하는 작가들은 이런 요소들을 잘라내거나, 비판하거나, 전복합니다. 크툴루 신화의 팬 중에는 타자로 취급받는 것이 어떤지 잘 아는 사람도 많습니다. 이런 사람들은 러브크래프트 소설을 읽을 때 책벌레 백인 남자 주인공들보다는 괴물이

✴

나 기인들에게 더 이입하곤 합니다."

_로빈 D. 로스 외,《크툴루 컨피덴셜》

H. P. 러브크래프트는 새로운 호러의 지평을 개척한 작가이지만, 온갖 차별과 혐오의 악취를 풍기는 사람이기도 했다. 그 차별과 혐오를 걸러내서 좋은 점을 유지하고 발전시킨 것은 지난 백 년 동안 호러 작가들과 독자들이 이뤄낸 업적이다. 러브크래프트 호러의 역사는 부정과 수정이 계승만큼이나 중요한 역사이고, 여기에는 수많은 작가와 독자들이 기여했다.《별들의 노래》또한 거기에 조금 더 보태려는 시도다.

《별들의 노래》에서 러브크래프트와의 차별점으로서 계속 염두에 둔 점은 사회적 타자의 인간성이다. 그 정의상, 타자는 다른 타자와의 사이에서만 사람으로서 존재할 수 있다. 타자는 사람이 될 기회를 계속 노리고 있고, 그것이 찾아왔을 때 놓치지 않으려 한다. 이 이야기의 주인공인 노숙자 김영준이 원하는

149

작가의 말

것도, 외계에서 찾아온 빛과 소리 들이 원하는 것도
바로 그것, 사람이 될 기회다. 호러 소설이니까 물론
그 기회에서 비롯되는 과정과 결과가 마냥 행복하지
는 않다.

어느 공원에서 노숙인들과 며칠 지냈던 경험이
도움이 되었고, 〈한겨레21〉의 "나는 노숙인을 보았
다"(김준호)를 비롯한 기사들이 많은 참고가 되었다.
러브크래프트 작품 중에서는 〈인스머스의 그림자〉와
〈시간의 그림자〉의 영향을 가장 많이 받았다. 러브크
래프트의 여러 후계 작가 중 하나인 램지 캠벨의 《샤
가이에서 온 곤충들Insect from Shaggai》도 아이디어를 주
었다.

P LC.RC

**Project
Lovecraft.
Recreate**

별들의 노래

1판 1쇄 찍음 2020년 4월 16일
1판 1쇄 펴냄 2020년 4월 30일

지은이 김성일
펴낸이 안지미
기획 이수현
편집 유승재
교정 박소현
디자인 안지미 이은주
제작처 공간

펴낸곳 (주)알마
출판등록 2006년 6월 22일 제2013-000266호
주소 03990 서울시 마포구 연남로 1길 8, 4~5층
전화 02.324.3800 판매 02.324.2846 편집
전송 02.324.1144

전자우편 alma@almabook.com
페이스북 /almabooks
트위터 @alma_books
인스타그램 @alma_books

ISBN 979-11-5992-296-1 04800
ISBN 979-11-5992-246-6 (세트)

알마는 아이쿱생협과 더불어 협동조합의 가치를 실천하는 출판사입니다.

종이 표지_스노우화이트 250g/㎡ 본문_그린라이트 100g/㎡

오마주와 전복으로 다시 창조하는
H. P. 러브크래프트의 세계

━━━━━━━━━━━━━━━━━━━━━━━━━━━━━━━━

Project LC.RC

악의와 공포의 용은 익히 아는 자여라.. 홍지운

아이들이 우이천에서 데려온 이상한 도마뱀.
이 괴생물체의 등장 이후 사람들은 나를 미친 사람 취급하기 시작한다.

별들의 노래.. 김성일

불의를 참지 못 하는 신참 노숙인 김영준. 그는 홀리듯 사람의 마음을 얻는
강 선생을 만난 뒤부터 아득히 먼 우주의 심연을 보기 시작한다.

우모리 하늘신발.. 송경아

일제강점기 기이한 노파 드란댁이 만든 이상적이고도 비밀스러운 공동체.
드란댁은 이 마을과 사람들을 '텃밭'이라 부른다.

뿌리 없는 별들.. 은림, 박성환

댐으로 수몰될 지역에서 식물학자가 겪은 황홀과 공포에 관하여.
/ 극점으로 향한 남극탐사대가 시간의 뒤섞임 속에서 마주한 놀라운 존재에 관하여.

역병의 바다.. 김보영

전염병이 도는 동해안의 어촌. 경찰력이 마비된 곳에서 여자는 자경단으로 살고 있다.
어느 날 외지에서 온 남자는 마을의 파괴를 말한다.

낮은 곳으로 임하소서.. 이서영

악취가 심한 백화점의 보수 공사에 투입된 건설회사 직원 이슬은
84년 전 건축문서에서 두려운 존재를 발견하고 고통받는 사람들과 마주한다.

친구의 부름.. 최재훈

원준은 2주간 학교를 나오지 않는 친구의 자취방을 찾아간다. 불러도 대답 없는 친구.
문을 열고 들어가보니 친구는 의외로 반갑게 원준을 맞이한다.

외계 신장.. 이수현

학위를 따기 위해 굿판을 쫓아다니는 민서. 그는 백 년 전부터
기이한 죽음이 일어난다는 '금단의 집'에서 마주친 노만신 경자에게 매료된다.